청춘이란?

청춘이란?

헤르만 헤세 지음 | 송동윤 옮김

스타북스

새는 알에서 깨어나려고 버둥거린다.

알은 곧 세계다.

새로 탄생하려면

하나의 세계를 파괴하지 않으면 안된다.

Prologue

방황하고 고뇌하는 청춘들에게

헤세의 글은 고뇌하고 방황하고 아파하는 청춘에게 위안이 되는 것들이 근간을 이루고 있다.

헤르만 헤세는 스스로를 시인이요 괴로워하는 자, 탐색자, 고백자라고 했다. 그래서 그의 작품과 생애는 상처와 위기와 새로운 시작을 간직하면서도 놀랄 만한 일관성을 유지하고 있다. 따라서 그는 정신에 의해 다스려지는 존재 형식의 가능성 문제와 문화 위기 속에서의 인간이 맞닥뜨리는 도전과 실패, 사랑과 이별 등 현실의 문제를 다루고 있다.

영혼이란 사랑이고 미래다. 영혼은 우리로 하여금 위대한 모습을 이루도록 하는 원천이다. 따라서 사랑이란 모든 것을 자신의 중심으로 이끌어들이기 때문에 시간을 극복하는 것이며 모든 교양과 지성, 그리고 비평이 할 수 없는 일을 할 수 있도록 하는 힘이다.

행복이란 우리의 현실 속에서 함께 호흡하는 자연과 더불어 노래하는 것으로 신의 영원한 미소 속에서 웃음을 되찾는 순간이라 할 수 있다.

사랑은 경이로운 것이다. 사랑이 예술을 통해 하나의 작품으로 완성될 때 청춘은 더욱 빛날 것이다. 이 책이 방황하고 고뇌하고 아파하는 청춘들에게 위로가 되기를 기원하며…….

마장호수에서

송동윤

Contents

Chapter 3

청춘의 영혼

Chapter 4

청춘의 여행

Chapter 5

청춘의 위안

Hermann Hesse

Chapter 1

청춘의 낙서

최초 꿈의 주인이 누구였는지,

나는 늘 괴로워했다.

그래, 누구였을까.

도저히 잊히지 않는 것은……

첫
키스

지난날 체험했던 일이 낯설어지기도 하고 상상할 수 없을 정도로 기억에서 사라질 수도 있다는 것은 예사로운 일이 아니다. 사라지는 시간 속에서 우리는 지난 시간의 많은 경험들을 전혀 기억하지 못하는 경우도 있다.

나는 가끔 어린아이들이 학교로 뛰어가는 것을 바라보지만, 나 자신의 어린 시절은 떠오르지 않는다. 또한 고등학생들을 보면서도 나 또한 예전에 그들과 같은 학생이었다는 것을 별로 느끼지 못한다.

공장 직공들이 작업장으로 가고, 볼품없는 차림의 점원들이 일터로 가는 것을 바라보면서도 마찬가지다. 예전에 나도 그들과 같은 길을 걸었다는 것, 청색 작업복을 입거나 혹은 팔꿈치가 닳아빠진 사무복 차림이었다는 것을 완전히 잊어버렸다.

또한 서점에서 베스트셀러가 되고 있는 드레스텐의 피에르손 출판사에서 발행된 18세 소년의 시집을 보면서도 한때 내가 그와 같은 시를 쓰는 작가였다는 것을 기억조차 못 한다.

그러나 언젠가 한 번쯤은 산책길이나 기차를 타고 여행하는 중에, 혹은 잠 못 이루는 밤에 완전히 잊었던 지난 날, 한 조각 삶의 파편이 다시 떠오를 때가 있다. 무대의 세트처럼 눈부신 색색의 불빛을 받아 모든 것이 하나씩 되살아나면서 이름과 장소, 소음과 냄새까지 뚜렷하게 모습을 드러내는 것이다.

바로 어젯밤에도 그런 일이 있었다. 그 당시에는 절대로 잊지 못할 거라고 확신했으면서도 수년 동안 백짓장처럼 깨끗이 잊고 있었던 일이 불쑥 내 앞에 다시 나타난 것이다. 그것은 우리가 책이나 주머니칼을 잃어버렸다가 어느 날 우연히 서랍 속의 잡동사니를 정리하던 중에 다시 찾게 되었을 때 느끼는 감정의 흐름과 비슷하다.

그때 내 나이는 열여덟이었고, 자물쇠 기계공장에서 견습 기간이 끝나갈 무렵이었다. 얼마 전부터 나는 이 분야에서 별로 성공하지 못하리라는 생각에 직업을 바꿀 결심을 하고 있었다. 그러나 아버지에게 그와 같은 말씀을 드리기 전까지는 그럭저럭 시간을 보내면서 불안정한 나날을 보낼 수밖에 없었다. 공장을 그만두게 되면 여러 가지의 길이 기다리고 있을 터였다. 그것이 나를 현실의 불쾌함 가운데에서도 반쯤은 즐거움 속에서 일할 수 있게 했다.

그 당시 우리들이 일하고 있는 공장에는 침식만 제공 받고 기술을 배우고 있는 견습공이 한 명 있었는데, 그는 이웃마을에 사는 부잣집 부인과 친척이라는 이유로 특별한 대우를 받고 있었다.

공장 주인이기도 한 이 젊은 미망인은 작은 별장에서 살고 있었다. 멋진 자가용과 승마용 말을 가지고 있었으며, 소문에 의하면 성격이 매우 괴팍하고 오만한 여자라고 했다.

그녀는 사교적인 모임에서 부인들과 자주 어울리며 커

피 마시기를 즐겨했다. 그런 한편으로 틈틈이 승마와 낚시를 즐기며 꽃을 가꾸고, 베른하르트 종의 개를 기르면서 여가 시간을 보내고 있었다. 많은 사람들이 질투와 선망, 노여움이 뒤섞인 시선으로 그녀를 주시했다. 자주 여행을 하는 슈트가르트와 뮌헨에서는 그녀가 사교계에까지 알려져 있다는 얘기들도 떠돌았다.

그 불꽃같은 여자는 조카뻘 되는 친척이 견습공으로 온 이후 벌써 세 번이나 작업장에 찾아와 조카를 만나고는 공장 안을 두루 살피며 다녔다. 아름답게 화장을 한 그녀가 기품 있는 몸짓과 호기심에 가득 찬 눈길로 유머 넘치는 질문을 하면서 그을린 공장 안을 오랫동안 걸어 다니는 모습이 나에게는 무척이나 멋있어 보였고 아련하게 느껴졌다.

그녀는 겨우 사춘기를 벗어난 소녀처럼 청순하고 소박한 얼굴에 밝은 금발을 가진, 키가 큰 여인이었다. 우리는 기름투성이로 얼룩진 작업복에 검은 손과 얼굴을 하고 말없이 선 채 마치 공주님을 바라보는 듯한 기분을 느꼈다.

그런 어느 날 오후, 휴식 시간에 그 부인의 조카인 견습공이 내게로 와서 말했다.

"이봐, 이번 일요일에 우리 아주머니 집에 함께 가지 않겠어? 아주머니가 널 초대했어."

"뭐, 날 초대했다고? 쓸데없는 농담하지 마. 그런 장난하면 네 코를 소화기통에 쑤셔 넣어버린다."

하지만 그의 말은 사실이었다. 그녀는 나를 일요일 저녁에 자기 조카와 함께 초대했던 것이다. 예정대로라면 식사가 끝난 후 밤 10시 기차로 집에 돌아올 수 있을 테고, 좀 늦게 된다면 차를 내어줄 지도 모를 일이었다.

부인은 아주 고급스런 자가용을 가지고 있었으며 정원사와 하인, 마부, 하녀를 거느리고 살고 있었다. 그런 사람과 교제를 한다는 것은 당시의 나로서는 상상도 할 수 없는 일이었다. 하지만 그녀의 초대에 응한 뒤 열정에 사로잡혀 어떤 외출복을 입을까 궁리하는 가운데 문득 그런 생각이 떠오르는 것이었다.

토요일까지 나는 들뜬 감정과 기쁨 속에서 시간을 보냈다. 그런 다음에는 알 수 없는 불안감 같은 것에 휩싸였다. 그녀를 만나면 무슨 이야기를 하고 어떻게 행동해야 될 지 알 수 없었기 때문이다.

언제나 내가 자랑스럽게 여기던 양복은 손질을 하지 않아서 주름과 얼룩으로 더럽혀져 있었고 소매 끝은 낡아서 터져 있었다. 뿐만 아니라 모자는 아주 낡은 구식이었다. 이것은 내가 가진 세 개의 재산으로, 끝이 뾰족한 반장화와 화려하고 빨간 실크 넥타이, 그리고 니켈 테를 두른 안경이었다. 나는 이것들로 단장하고 가기로 했다.

이윽고 일요일 저녁에 나는 그 견습공과 함께 망설임과 흥분, 억제하기 어려운 감정 속에서 그녀의 별장이 있는 세틀링겐으로 걸어갔다. 마침내 별장 앞에 다다랐다. 우리는 동양산 소나무와 측백나무 아래에 있는 격자문 앞에 섰다. 그러자 개 짖는 소리가 초인종 소리와 함께 들려 왔다.

하인이 마중 나오며 말없이 우리를 안내했다. 그는 마구 달려드는 무서운 개들로부터 나를 보호해 주었지만, 우리를 대수롭지 않게 대하는 기색이 역력했다. 불안한 마음으로 나는 지난 몇 달 전부터 그렇게 깨끗해 본 적이 없는 내 손을 바라보았다. 저녁이 되기 전에 거의 반시간 가까이 휘발유와 비누로 닦은 손이었다.

부인은 기다렸다는 듯이 밝은 표정을 지으며 하늘빛 여름옷 차림으로 응접실에서 우리를 맞이했다. 악수를 청하고 자리를 권한 뒤 그녀는 저녁 식사가 곧 준비될 것이라고 덧붙여 말했다.

"시력이 안 좋은가요?"

그녀가 나직한 음성으로 나에게 말했다.

"네. 조금……"

"안경이 전혀 어울리지 않는 것 같네요. 그거 아세요?"

나는 그녀의 거침없는 말에 안경을 벗어 바지주머니에 넣으며 약간 불쾌한 표정을 지었다.

"당신도 소치스트인가요?"

그녀가 계속 물었다.

"사회 민주주의자를 말씀하시는 건가요? 그렇습니다."

"어떤 이유 때문이죠?"

"확신하고 있기 때문입니다."

"아, 그래요? 넥타이가 참 멋지군요. 이제 식사를 들기로 해요. 시장하겠어요."

주방에는 세 사람분의 그릇이 놓여 있었다.

다행히도 우려했던 것과 달리 나를 당황하게 할 만한 것은 없었다. 소의 머리 고기로 만든 수프와 등심구이, 야채와 샐러드, 케익 등, 내가 창피를 당하지 않고도 먹을 수 있는 것들이었다.

우리들이 식탁에 앉자 부인이 갈색의 포도주를 손수 따

랐다. 식사를 하는 동안 줄곧 그녀는 자기 조카하고만 대화를 나누었다. 맛있는 음식과 술기운이 유쾌한 분위기를 만들어 주었으므로 나는 곧 기분이 좋아지고 어느 정도 자신감도 갖게 되었다.

식사가 끝나자 술잔은 다시 응접실로 옮겨졌다. 그녀는 향내음이 짙은 시가를 권했다. 빨갛고 금빛 나는 화려한 초에 불을 켜 놓았을 때의 놀라움, 나의 기분은 무엇에도 비교할 수 없을 만큼 한없이 고조되어 있었다.

이제 나는 그녀를 정면으로 쳐다볼 수 있었다. 나의 눈에 비친 그 여인은 너무나도 섬세하고 아름다워서 마치 장편소설에서 읽은 여주인공의 모습을 보는 것 같았다. 나는 막연한 그리움으로 상상하던, 가슴 벅찬 세계에 옮겨와 있는 듯한 아스라한 느낌에 빠졌다.

우리는 조금씩 격식을 차리지 않고 유쾌한 대화를 나누기에 이르렀다. 나는 식사 때, 그 부인이 말했던 사회민주주의와 빨간 넥타이에 관해서 농담을 할 수 있을 정도로 대담해져 있었다.

"그건 당신 말이 옳아요."

하고 그녀는 웃음을 지으며 말했다.

"확신이 있다면 자신감을 가지세요. 하지만 넥타이를 너무 비뚤게 매지는 말고요. 자, 이렇게 해보세요."

그녀는 내 앞으로 몸을 굽혀 두 손으로 넥타이를 매만졌다.

그때, 놀랍게도 그녀가 두 손가락으로 벌어진 와이셔츠 속의 내 가슴을 의도적으로 살며시 매만지고 있다는 사실을 알았다. 내가 놀라서 쳐다보자 그녀는 대담하게도 다시 한 번 두 손가락으로 가슴을 힘껏 누르면서 내 눈을 깊숙이 들여다보았다.

"아!" 하고 나는 감탄의 신음소리를 삼키며 너무 황홀해져서 어찌할 바를 몰랐다. 그러는 동안에도 그녀는 몸을 펴서 넥타이를 바라보는 것처럼 태연스럽게 행동했다. 그리고는 다시 나를 진지하게 바라보며 몇 번인가 고개를 끄덕였다.

"이봐, 건넌방에 있는 놀이상자 좀 가져 올래? 그것 좀 가져와."

그녀는 잡지를 뒤적거리고 있는 조카에게 말했다.

그가 자리를 뜨자 그녀는 눈빛을 빛내면서 내게로 몸을 굽혔다.

"아!"

하고 그녀는 달콤한 음성으로 속삭였다.

"당신은 너무나 사랑스러워."

이렇게 말하며 그녀는 얼굴을 가까이 했다. 그러자 우리 두 사람의 입술이 서로 기다렸다는 듯이 순간적으로 맞닿았다. 한 번, 그리고 다시 한 번…….

나는 그녀를, 크고 아름다운 여인을 아플 정도로 힘껏 껴안았다. 그러자 그녀가 다시 내 입술을 찾았다. 격렬한 입맞춤으로 온몸이 환희에 떨려왔다.

키스를 하는 동안 그녀의 눈가가 촉촉하게 젖어 소녀처럼 반짝거렸다.

잠시 후에 조카가 놀이상자를 가지고 돌아왔다. 자세를 바로잡고 앉아서 우리 세 사람은 태연스럽게 과자 따먹기, 주사위 놀이를 하였다. 명랑해진 그녀는 주사위를 던질 때마다 우스운 농담을 했다.

그러나 나는 한 마디의 말도 할 수가 없었고, 숨쉬기조차 어려울 정도였다. 여러 번 그녀는 탁자 밑으로 내 손을 매만지며 장난을 하기도 하고, 내 무릎에 자기 손을 올려놓기도 했다. 그럴 때마다 나는 어떻게 해야 좋을지 몰라 그저 막연한 기대감으로 잠자코 있었다.

이윽고 10시경이 되자, 그녀의 조카가 돌아가야 할 시간이라고 말했다.

"벌써? 당신도 가야 돼요?"

그렇게 말하면서 그녀가 나를 쳐다보았다. 나는 이런 상황에서 어떻게 말해야 할지 몰랐기 때문에 갈 시간이 되었다고 머뭇거리면서 일어섰다.

"정히 그렇다면……"

마지못해 그녀가 그렇게 말하자 조카도 따라 일어섰다.

나는 문을 향해 그를 따라갔다. 그러나 그가 앞서서 응접실 문을 나서자, 그녀는 내 팔을 황급히 잡아 자기에게로 끌어당겼다.

"좀 현명하게 굴어요."

그녀가 속삭였지만 끝내 나는 그 말의 뜻을 알아차리지 못했다.

작별을 한 다음, 우리는 곧장 정거장으로 달려가 간신히 표를 사서 차에 올랐다. 그러나 나는 알 수 없는 허탈감에 빠졌다. 도저히 그냥 돌아갈 수가 없었던 것이다.

나는 넋 빠진 사람처럼 출입구 난간에 매달려 있다가 기관사가 출발 신호로 기적을 울렸을 때, 그만 열차에서 뛰어 내리고 말았다. 이미 캄캄한 밤이었다.

쓰라린 마음으로 나는 그녀가 있는 정원의 불 켜진 격자문을 오랫동안 바라보고 서 있다가 어둠과 함께 긴 시골길을 걸어서 집으로 돌아왔다.

아! 아름다운 부인이 나를 사랑하고 있다. 황홀한 마술의 나라가 내 앞에 끝없이 펼쳐졌다. 나는 주머니 안에 있던 니켈 테의 안경을 꺼내 길가 웅덩이에 힘껏 던져버렸다.

다음 일요일에 그 견습공은 다시 점심식사에 초대를 받았다. 그러나 나는 초대 받지 못했다. 그 후, 그녀는 작업장에 모습을 나타내지 않았다.

나는 견딜 수가 없었다. 그 후로 나는 석 달 가량을 일요일, 혹은 늦은 저녁에 세틀링겐으로 찾아가 격자문 밖에서 귀를 기울이다가는 정원 주위를 배회하곤 했다.

어둠 속에서 개가 짖었다. 측백나무 사이로 불어오는 바람소리가 마음을 더욱 고통스럽게 했다.

때로는 불 켜진 방을 바라보며 그녀가 한 번쯤은 나를 보게 될 거라고, 지금도 여전히 나를 좋아하고 있을 거라는 어리석은 생각에 늦은 밤까지 시간을 보내기도 했다.

한번은 그 집안에서 외로운 내 마음을 어루만져 주는 듯한 감미로운 피아노 소리가 들려 왔다. 나는 그만 담벼락에 기대 앉아 하염없이 눈물을 흘렸다.

그러나 더 이상 하인이 나를 그녀가 있는 곳으로 안내해 주는 일도, 개가 달려들지 못하도록 보호해 주는 일도 없었다. 또한 그녀의 손이 내 손을, 그녀의 입술이 내 입을 스치는 기적도 일어나지 않았다. 다만 꿈속에서 몇 번인가 그런 순간을 맛보았을 뿐이다.

그 해 늦은 가을, 나는 공장을 그만두고 푸른 작업복을 영원히 벗어버렸다. 그리고 다른 지방으로 아주 멀리 떠났다.

사랑의 종말

3년 동안 나는 서점의 점원으로 일했다. 처음에는 80마르크의 월급으로 시작했지만, 다음에는 90마르크, 견습 기간이 지나자 95마르크를 받게 되었다. 그 정도면 생활비로 충분한 돈을 버는 셈이었다. 나는 주위 사람들로부터 동전 한 푼 받을 필요가 없다는 사실이 기쁘고 자랑스러웠다.

그 무렵 내 꿈은 고서점을 잘 경영해서 성공하는 일이었다. 이곳에서는 도서관장처럼 오래된 책들 속에 묻혀 살면서 고판본古版本과 목판 인쇄물에 날짜를 기입할 수가 있었다. 훌륭한 고서점에서는 250마르크 이상의 월급을 주는 자리도 있었다. 물론 거기까지 이르려면 인내심을 갖고 오랜 시간 열심히 노력해야 할 터였다.

그러나 일할 만한 가치는 충분히 있었다. 간혹 내 동료들 중에는 별난 사람들이 있었다. 그들로 인해 때로는 서점이 삶의 여정 속에서 잠시 쉬어가는 낙오자의 피난처와도 같다는 생각이 들기도 했다. 신앙심이 없어져 버린 목사, 졸업을 하지 못한 만년 대학생, 일자리가 없는 철학박사, 쓸모없는 편집인, 그리고 불명예로 제대한 장교들이 내 앞의 책상에서 일하고 있었다.

그들에게는 처자가 있었고, 형편없이 낡은 옷을 입고 돌아다녔으며, 안일하게 살아가고 있었다.

대개 그들은 한 달에 열흘 정도는 비교적 풍요롭게 보냈고, 나머지 기간은 맥주와 치즈와 쓸데없는 이야기로 만족하며 지냈다. 그렇지만 모두들 화려했던 시절의 유물로 멋진 예의범절과 교양 있는 말솜씨를 간직하고 있었다. 그들은 결코 자기들만의 탓이 아닌 불운으로 이 하잘것없는 자리에까지 영락榮樂해 버렸노라고 확신하고 있었다.

사실 그들은 별난 사람들이었다. 그러나 콜룸반 후쓰와

같이 별다른 특징이 없는 사나이도 있었다. 그는 어느 날 구걸을 하러 회계실에 들어왔다가 운 좋게도 보잘것없는 서기 자리가 하나 비어 있는 것을 알고 감지덕지하며 일 년 이상을 일해 왔다.

그러는 동안 눈에 띌만한 말이나 행동을 하지도 않았고, 외적으로는 다른 가난한 사무직원들과 똑같이 평범하게 생활하고 있었다. 하지만 자세히 살펴보면 그의 지난 세월이 결코 지금과 같지 않았다는 것을 알 수 있었다.

그는 50이 조금 넘어 보이는 나이에 군인처럼 당당한 체격을 갖고 있었으며 몸가짐이 고상하고 의젓했다. 돌이켜 보면 그의 눈초리는 시인들에게서 볼 수 있는 것이었다는 생각이 든다.

내가 그를 남몰래 경탄하고 흠모하고 있다는 것을 눈치 챈 후쓰는 언젠가 나와 함께 주점으로 간 일이 있었다. 술을 마시면서 그는 인생에 대한 높은 식견을 보여주었고 내가 술값을 내도록 허락해 주었다.

7월의 어느 날 밤이었다. 그날은 내 생일이었기 때문에 그를 초대하여 간단한 저녁 식사를 함께 하러 갔었다. 우리 두 사람은 적당히 술을 마셨고 그 다음에는 따뜻한 밤의 대기에 유혹되어 강기슭을 거슬러 올라가며 산책을 즐겼다. 길 끝 쪽 보리수나무 아래에 돌로 만든 벤치가 하나 놓여 있었다. 그는 벤치 위에 발을 뻗고 누웠으며, 나는 풀밭에 누웠다. 그가 어두운 밤하늘을 올려다보며 이야기를 시작했다.

"자넨 아직도 젊은 친구야. 그리고 세상과 인생에 대해 아직 잘 모를 걸세. 하지만 난 늙은 바보지. 그렇지 않다면 내가 지금 하려는 이야기를 절대 꺼내지 않았을 거야. 자네가 좀 더 현명하게 세상을 살아갈 생각이라면 내 이야길 혼자 가슴 속에 묻어두는 편이 좋을 걸세.

하지만 자네 마음에 달려 있으니 좋을 대로 하게.

자네가 날 쳐다볼 때는 그저 손가락이 굽어 있고 누덕누덕 기운 바지를 입은 하찮은 말단 서기로만 보일 거야. 그리고 자네가 날 때려죽이고 싶다 해도 난 별 이의가 없는 존재이기도 하지. 하긴 내 인생이란 맞아죽는 것보다 더 나을 것도 없어. 지금까지의 내 인생은 하나의 폭풍이고 작열하는 불꽃이었다고 말한다면 자넨 웃겠지. 마음대로 웃어도 좋아. 이보게, 젊은 친구. 늙은이가 한여름 밤에 동화 같은 이야기를 한다면 아마도 자넨 웃지 못 할 걸세.

자네도 이미 사랑을 경험해 본 일이 있을 거야. 그렇지? 몇 번인가? 하지만 자넨 사랑이라는 게 무엇인지를 아직은 잘 모를 거야. 뭐, 자네도 나름대로 알고 있다는 생각을 하고 있겠지. 그러나 진정한 의미의 사랑이란……. 아마도 한 번쯤은 밤새도록 울어본 적도 있겠지. 그리고 한 달 동안을 거의 잠 못 이룬 적도 있었겠지. 어쩌면 시를 쓰기도 하고, 또 한 번쯤은 자살에 대한 생각도 해보았겠지? 그랬을 거야. 난 벌써 다 알고 있어. 그러나 사랑은 그런 것이 아니야. 이보게, 친구. 정말 사랑은 다른 거야. 내 이야기를 듣고 싶은가?

지난 10년 전까지만 해도 나는 많은 사람들로부터 존경받는 최상류 사회에 속해 있었지. 정부의 고급 관리였고, 예비역 장교로서 재산도 풍족하여 어떤 구애도 받지 않았다네. 승마용 말과 하인도 거느리고 쾌적한 집에서 잘 살았어. 극장에서는 귀빈용 특별석에 앉아 관람했고, 여름휴가를 즐기기 위해 여행을 했으며, 고가의 예술품을 수집하기도 했어. 스포츠로는 승마와 요트 경주를 즐겼지. 미혼자로서 저녁에는 보르도 산 백포도주와 붉은 포도주를 마셨고, 아침 식사 때에는 샴페인과 셰리주를 즐겨 마셨어.

몇 년 동안은 이 모든 것들에 매우 열중해 있었지만, 나는 그런 것 외에도 격조 높은 생활을 하고 있었지. 결국 먹고 마시는 것, 승마를 하고 요트를 타는 것이 뭐 그리 중요한 일이라고. 그렇지 않은가? 조금만 깊이 사색해 보면 모든 것은 아무런 가치가 없고 쓸데없이 우습게 보이게 마련이지. 사교계에서의 품위와 훌륭한 평판도, 많은 사람들이 내 앞에서 모자를 벗는다는 것도, 물론 기분이 좋은 일이긴 하지만 결국 본질적인 것은 못 되지.

맞아, 지금 우린 사랑에 대해 이야기하려고 했지? 그래, 사랑은 무엇인가? 사랑하는 여인을 위해 죽는다는 것, 오늘날엔 그 정도까지 되는 일은 거의 없지. 때로 그와 같은 것이 가장 아름다운 일이겠지만……. 이봐, 젊은이, 내 말을 가로막지 말게! 난 한 남자와 여자의 사랑에 있어 으레 따라오게 마련인 키스나 동침, 결혼에 대해 이야기하려는 것이 아니야. 인생의 유일한 감정으로 승화된 사랑에 대해 말하고 싶은 거야. 그러한 사랑은 고독하기 마련이지. 속된 말로 '대가를 바라는 것'이라 할지라도 말이야. 그것은 한 인간의 모든 소망과 능력이 하나의 목적을 위해 열정적으로 타오르며, 희생이 환희로 모습을 바꾸는 사랑을 말하지.

이러한 사랑은 결코 행복하기를 바라지 않아. 오히려 불타 버리고 괴로워하면서 파멸의 길을 걷게 되지. 이런 불꽃같은 사랑은 그가 도달할 수 있는 마지막 보루까지 삼켜버리기 전에는 죽을 수가 없는 숙명적인 거야.

내가 사랑했던 여인에 대해서 자네는 아무것도 알 필요가 없어. 놀랄 정도로 아름다웠을지도 모르고, 그저 예뻤을지도 몰라. 자네와 나는 같을 수가 없으니까. 또 그녀가 천재일 수도 있고 아닐 수도 있어. 이보게. 대체 그게 무슨 상관이란 말인가! 그녀는 내가 몰락해야 할 심연이었으며, 무의미한 내 인생을 포착한 신의 손과 같은 존재였어. 그때부터 무의미한 내 인생이 위대하고 당당하게 되었지, 무슨 말인지 알겠나. 어느 날 갑자기 지위 있는 남자의 인생이 신과 어린아이의 철없는 감정으로 광부하며 분별을 잃게 되었다네. 정염의 불꽃으로 활활 타올랐던 거야.

그 순간부터 지난날 중요했던 모든 것들이 아무런 가치도 없고 지루해져 버렸어. 나는 이제까지 한 번도 게을리 해 본 적이 없었던 일들을 소홀히 했으며, 그저 순간이나마 그 여인이 미소 짓는 것을 보기 위해 헛된 모습을 꾸미고 여행도 했지. 스스로 내 존재를 그녀가 즐길 수 있는 대상으로 변모시켜 버린 거야. 그녀를 위해서 나는 기쁘기도 하고 진지하기도 했으며 많은 말을 해야 했지. 때로는 연극배우처럼 말을 잊고 조용히 기다리고, 차분하기도 하고 광분하기도 했으며, 또한 부유하기도 하고 가난하기도 했거든. 결국에는 내 상태가 어떠하다는 것을 알아차리게 되었고, 그녀로 인해 나는 무수한 시련을 겪어야만 했지.

난 그녀에게 봉사하는 것만으로도 쾌락을 느꼈어. 그녀가 생각하고 고안해 내는 모든 소원을 들어주지 못한다는 것은 나에게 있을 수 없는 일이었으니까.

사실 그녀도 내가 어떤 남자보다도 자기를 사랑하고 있다는 것을 알고 있었어. 마침내 그녀가 나를 이해하고 내 사랑을 진정으로 받아들이는 기회가 찾아왔지. 헤아릴 수 없을 정도로 많은 시간을 우리는 서로를 바라보고 함께 있었으며 많은 여행을 했고, 세상 사람들의 눈을 피해 사랑을 하고 유희를 즐겼다네. 그때 난 정말 행복했어. 그녀가 나를 좋아하고 있다는 것을 확인했거든. 사실 얼마동안은 행복했지. 아마, 그랬을 거야.

그러나 내가 그 여인을 정복한 것은 아니었어. 한동안 미로와 같은 행복을 꿈꾸며 더 이상 아무런 희생을 치를 필요가 없어졌을 때, 아무런 노력 없이도 그녀로부터 미소와 키스와 사랑의 밤을 얻게 되었을 때, 나는 불안해지기 시작했어. 나에게 어떤 부족한 것이 있는가를 알 수 없었던 거야. 사실 난 이전에 갈망했던 것들보다 더 소중한 것을 성취했다는 만족감에 빠져 있었으니까. 그렇지만 난 불안했어. 조금 전에 자네에게 말한 것처럼 내 운명은 이 여인을 정복하는 것이 아니었으니까. 나에게 일어난 이 일은 하나의 우연에 불과한 것인데 거기에 너무나 열중해 버린 탓에 내 운명은 사랑으로 인해 고통 받게 되었지. 이 고통에서 벗어나고 치유하기 위해 애인을 소유하기 시작했을 때, 갑자기 불안이 엄습해 왔던 거야. 얼마동안은 그런대로 견디어 나갔지만 점점 감당하기 어려워지더군. 결국 난 그 여인 곁을 떠나기로 결심했지. 그래서 휴가를 얻어 긴 여행을 했던 거야. 그 당시 내 재산은 얼마 남지 않았지만, 아직 걱정할 정도는 아니었어. 여행을 떠났다가 일 년 후에 돌아왔지. 지금 생각해 봐도 어처구니없는 여행이었어. 여행을 떠나자마자 옛날의 열정이 다시 타오르기 시작했거든. 그녀에게서 멀리 가면 갈수록 그리고, 오래 되면 될수록 내 정열은 더욱 더 괴롭게 타올랐지만 한편으론 그런 감정을 즐기면서 계속해서 일 년 내내 여행을 했어. 하지만 마침내 그 열정의 불길을 감당하기 어렵게 되었지. 그래서 나는 애인 곁으로 다시 돌아가기로 마음먹었던 거야.

여행을 끝내고 다시 고향으로 돌아와 보니 그녀는 몹시 분노하여 나를 상대조차 하지 않더군. 당연하지 않겠나. 그녀는 나에게 몸과 마음을 다 주어 행복하게 해주었는데 나는 별다른 이유 없이 그녀 곁을 일 년 동안이나 떠났으니. 이미 그녀에게는 새 애인이 있었지만, 그를 사랑하지 않는다는 것을 난 알고 있었지. 단지 나에게 복수하기 위한 수단에 불과했던 거야.

내 마음은 몹시 복잡했어. 나를 그녀로부터 떠나게 하고 이제 다시 그녀에게 돌아가도록 충동질한 게 대체 무엇이었을까. 말로 할 수도, 글로 쓸 수도 없는 그 오묘한 감정의 실체를 나는 도무지 알 수가 없었어. 다시금 그녀를 얻기 위한 투쟁이 시작되었지. 그녀로부터 단 한 마디의 말을 듣기 위해, 그녀의 웃는 모습을 보기 위해 먼 길을 달려가야 했고, 중요한 것들을 게을리 했으며 결국은 마지막 남아 있던 재산마저 탕진하고 말았어.

그녀는 애인과 헤어졌지만 곧 다른 남자를 사귀었어. 더 이상 나를 믿을 수 없었기 때문이겠지. 그렇지만 어떤 때는 나를 황홀한 눈빛으로 바라보았어. 만찬회에서나 극장에서 그녀는 주위 사람들을 멀리하고 갑자기 이상할 정도로 부드럽고 의심스런 시선으로 나를 바라보곤 했지.

그녀는 내가 아주 부유한 사람이라고 믿고 있었어. 늘 그녀에게 물질적인 풍족함을 안겨주었기 때문에 항상 그걸 염두에 두고 있었겠지. 아마 그녀를 만족시키기 위해 가난한 사람들은 결코 할 수 없는 일을 나는 할 수 있다는 자만심 때문이었을 거야. 예전에는 거의 하루도 빠지지 않고 선물을 했었는데 그것도 이제는 시들해져 버렸어. 결국 난 그녀에게 더 큰 기쁨을 주고 희생을 할 수 있다는 것을 보여주기 위해서 다른 길을 찾아내야만 했지. 난 훌륭한 음악회를 개최하여 그녀가 높이 평가하는 음악가들로 하여금 그녀가 좋아하는 곡을 연주하고 노래 부르도록 초청했던 거야. 그리고는 그녀가 첫 공연을 혼자 관람할 수 있도록 특별관람석 표를 모조리 사들였어. 그녀는 다시금 내가 수천 가지의 일들을 해주는 데 익숙하게 되었지.

난 그녀를 위해 점점 끝을 모르는 수렁 속으로 빠져들었어. 이미 재산은 바닥이 난 상태였고 거기에 빚까지 져서 곤경에 빠지게 되었지. 나중엔 그림과 골동품, 승마용 말까지 팔아서 그녀가 타고 다닐 차를 샀으니 어찌 되었겠나.

그런 뒤 나에게 찾아온 것은 비참한 종말이었어. 그녀를 다시 얻으리라는 희망을 지니고 있는 동안, 나는 그녀를 위해 무슨 짓이든 해야만 했어. 재산은 거덜 났지만 아직 나에게는 명망 높은 관직과 영향력이 있었거든. 그것이 그녀를 위해 쓰이지 못한다면 무슨 소용이 있단 말인가? 그래서 나는 사기를 저지르고 공금에까지 손을 대게 되었다네. 그건 아주 헛수고는 아니었지. 왜냐하면 그녀가 두 번째 애인을 쫓아버렸으니까. 난 이제 더 이상 그녀가 나든 누구든 애인을 두지 않을 거라고 생각했어. 하지만 결국은 날 받아들이더군. 얼마 후에 그녀는 스위스로 떠나면서 나에게 따라 와도 좋다고 말했지. 난 곧 휴가신청서를 제출했는데, 허가는커녕 공문서위조와 공금횡령죄로 체포를 당했지 뭔가. 이젠 아무 말도 하지 말게. 물론 자네도 알고 있겠지. 그러나 치욕스런 처벌을 당하고 몸에 걸친 마지막 양복까지 잃어버리는 것도 불꽃이며 정열이고, 사랑의 대가라는 것을 이해할 수 있겠나? 사랑에 빠지면 말일세.

난 지금, 자네에게 내 사랑의 동화를 말한 거야. 그것을 체험한 인간은 내가 아니란 말일세. 난 그저 자네에게 포도주나 얻어 마시는 가난한 서점 사무원일 뿐이야. 이제 집으로 가야겠어. 자넨 좀 더 있다 오게. 나 혼자 가겠네!”

노을빛 사랑

몹시 무덥던 날, 내가 아일랜드 지방을 여행할 때, 다시 그 생각이 머리에 떠올랐다.

벌써 여러 해 전, 그러니까 1911년의 늦은 어느 여름날이었다. 나는 현기증 나도록 하얗게 타는 듯한 한낮의 열기 속에서 완전히 바닥을 드러낸 수많은 하상河床 옆을 지나 여행을 계속하고 있었다. 더위로 시달리긴 했지만 덕분에 이 지방으로 몰려드는 여행객들의 방해는 받지 않아도 되었다.

열기로 가득 찬 들판에는 사람 하나 눈에 띄지 않았고, 정거장 역시 잠들어버린 것처럼 조용했다. 그러나 내가 타고 있는 기차에는 북부 독일 지방에서 온 듯싶은 중년 신사가 여행을 하고 있었다. 나는 이틀 전부터 기회가 있을 때마다 기차 안의 여기저기서 그와 자주 마주치게 되었다.

그는 1등 칸에 타고 있었고 나는 3등 칸을 타고 갔지만, 우리는 식당이나 화장실 같은 곳에서 자주 마주치곤 했다. 차가울 정도로 냉철하고 약간 신경질적인 그와의 대화에 나는 매료되었다. 그는 지금의 내 나이쯤으로 보였는데 그와 함께 있으면 나는 어린아이와 같이 느껴졌다.

아일랜드는 마치 폐허가 된 것 같았다. 정거장은 물론 거리조차 조용했고 마차도 보이지 않았다. 흙먼지가 두텁게 내려앉은 덧문 틈으로 셔츠 차림의 사람들이 그림자처럼 느릿느릿 움직이는 것이 보였다.

바로 두 시간 전에 식당차에서 만났던 그 중년 신사가 기차에서 내렸다. 나도 뒤를 따라 역 구내를 빠져 나왔다. 호텔 종업원이 그의 짐을 받아들었다. 그러자 신사는 나를 힐끗 바라보고 고개를 한 번 가볍게 끄덕이며 "잘 가시오!" 한마디 던지고는 공원 옆에 자리 잡은 호텔 속으로 모습을 감추었다.

그러는 동안에 나는 전차를 타고 이탈리아 여행을 할 때마다 묵었던 낡은 여관을 찾아갔다.

그 골목 역시 조용했다. 먼지와 연기로 그을린 초라한 여관 앞에는 사람의 그림자조차 비치지 않았고, 다만 누더기를 걸친 늙은 거지가 막대기로 더위를 떨쳐버리듯 먼지 속에서 담배꽁초를 줍고 있었다. 안면이 익은 여관 주인은 모습을 나타내지 않았다. 종업원이 나를 알아본다는 듯한 눈인사를 하며 작은 방으로 안내했다.

나는 옷을 벗고 샤워를 한 다음에 덧문을 닫은 채 셔츠차림으로 레몬주스를 마시고 책을 읽으면서 적당히 오후 시간을 보냈다.

저녁 무렵이 되자, 별로 시원해지지는 않았지만 많은 사람들이 거리로 쏟아져 나왔다. 나 역시 그들과 함께 공원의 산책로를 걸었다.

신문팔이는 이리저리 뛰어다니면서 목소리를 힘껏 높였고, 오렌지를 파는 장사꾼과 수분이 많은 참외를 파는 장사꾼들이 거리를 활기 있게 오갔다. 돈 많고 권력 있는 주인이 여름 피서를 떠나자 기다렸다는 듯이 마부들이 그 호화로운 마차에 자기의 남녀 친구들을 가득 태우고 거리를 누볐다. 그 당시만 해도 아직 자동차가 많지 않았다.

잠을 제대로 자지 못한 채 나는 다음날 오후에도 여행을 계속했다. 열기와 먼지가 더욱 피로감을 느끼게 해주었다. 그러나 독일로 돌아가기 전에 단 한번만이라도 제대로 잠을 자고 하룻저녁 동안이라도 이탈리아의 공기를 마음껏 마시고 싶었다. 그래서 나는 꼬모에서 마지막 여행을 즐기기로 했다.

그리하여 나는 결심한대로 행동에 옮기기로 했다. 하얗게 햇볕이 쏟아지는 정거장을 벗어나 여행 가방을 들고 작은 시내로 나가려는데 그저께 만났던 낯익은 중년 신사가 두 필의 말이 끄는 마차에 앉아서 나를 향해 고개를 끄덕이며 인사를 보내왔다.

'그를 계속 만나게 되는군' 하고 나는 속으로 생각하며 미소 지었다. 그러나 여기서 또 그 중년 신사를 만났다는 사실이 어떤 악의가 느껴진다거나 특별히 의미 있는 일은 아니었다.

그가 부드러운 탄력이 있는 마차를 타고 빠르게 골목길로 접어드는 동안, 나는 성당 쪽을 향해 갔다. 이번에는 제대로 잠잘 수 있는 곳을 찾기 위해서였다. 호숫가의 아름답고 작은 광장에 있는 꼬모는 텅 비어 있는 것 같았다. 곧바로 나는 숙소를 정했다. 정원이 아름다운 여관이었다.

이제 막 해가 기울어지면서 풍요로운 저녁이 호수로부터 떠올라 아득히 보이는 강변을 보랏빛 먼지로 덮고 있었다. 나는 환희 같은 감동을 느꼈다. 고향으로 돌아가기 전에 다시 한번 이탈리아의 여름을 향유할 수 있다는 것이 무엇보다도 기뻤던 것이다.

그리하여 나는 눈물겹도록 감사한 마음으로 작고 아름다운 시가지를 애정의 눈빛으로 바라보았다. 거기엔 한낮 동안을 집 안에서 실컷 자고 난 사람들이 저녁을 맞아 바쁘게 움직이고 있었다.

흰 옷으로 몸을 감싼 여인들이 천천히 성당 쪽으로 걸어가면서 태양을 향해 눈을 깜박거렸다. 행복해 보이는 젊은이들이 한 필의 말이 끄는 마차를 타고 속력을 내면서 교외로 달려 나간다. 어떤 젊은이는 갈색의 밀짚모자에 하얀 반바지를 입고 노란 신발을 신고는 단추 구멍에다 버지니아 담배를 물고 잠에서 막 깨어난 듯 골목길을 서성거리고 있었다.

어디선가 하모니카 소리가 울려 왔다. 구두닦이는 그제야 생기를 찾은 듯 그림자가 깃든 작업대로 돌아가 밀려 있는 구두를 닦기 시작했다. 그러자 카페 주인이 차양을 걷어 올리고 상점 앞에 놓인 둥근 대리석 탁자를 닦고 있었다. 옅은 잠에 빠져 있던 도시가 완전히 변모하여 삶의 눈을 뜨고 있었다.

식당의 보이들은 아이스크림과 베르무주를 맵시 있게 들고 손님으로 꽉 찬 홀을 유영하듯 돌아다녔다.

젊은 아가씨들은 호들갑스럽게 떠들면서 거리를 돌아다녔는데 때로는 골목 안에서 편싸움이라도 하려는 듯 모여 있다가는 젊은 남자들이 나타나면 부끄럽다는 듯이 뿔뿔이 흩어지기도 했다.

갑자기 골목 한 모퉁이에서 손풍금 소리가 요란하게 들려오자 기다렸다는 듯이 아름다운 젊은이들이 그 소리에 맞추어 멋지게 춤을 추기 시작했다. 거리 축제가 벌어진 것이다.

저녁 무렵, 즐거움이 넘치는 거리의 그늘진 곳을 한가롭게 배회하는 사람들, 거리 한 모퉁이에서 갑자기 벌어지는 춤, 먼지투성이의 대리석 탁자에 앉아 저녁의 어스름과 함께 마시는 베르무주. 아름답고 밝은 아가씨들의 모습과 무도곡의 가사를 맵시 있게 따라 부르는 목소리가 저녁 하늘에 울려 퍼지고 있었다.

이 모든 것은 이미 내가 경험하고 느끼는 영상과 감정의 귀환歸還을 일깨워 주었다. 이런 시간을 만나게 되면 멀리 북방에서 온 젊은 여행객은 꿈꾸는 듯한 환상에 잠겨 행복한 기분으로 거리를 배회하며 젊은 처녀들의 뒤를 쳐다보고 춤추는 모습에 다정한 눈길을 보내게 된다.

그리하여 거리의 충만과 유혹이 어둠 속으로 서서히 묻혀갈 때 젊은 사내들은 문득 고독감을 느낀다. 허영과 사랑의 유희에 잠시 머물기 위해서는 많은 돈과 정력을 낭비해야 한다. 젊은 나그네는 일찌감치 서둘러서 주점에 들려 홀로 외로움을 달래며 리조또(쌀 요리)와 포도주를 병째로 놓고 마시면서 생각에 잠긴 채 그날 저녁을 보낸다.

나는 이 모든 것에 익숙해져 있었다. 이미 이와 비슷한 여러 날 저녁을 혼자 생각에 잠겨 보면서 여행자로서의 우월감에 젖은 미소를 띠고 여유로운 기분을 서서히 상기시키는 이 분방한 시간의 즐거움을 알고 있었다.

그래서 낯선 지방을 여행할 때면, 어느 식당에 앉아 그곳의 유명한 요리를 먹으면서 포도주를 한두 잔씩 마시고는 했다. 그런 다음에 아무런 욕망도 없이 그저 방관자로서 이러한 밤의 생활에 참여하면서 강한 삶의 힘을 느꼈던 것이다.

나는 호숫가의 광장 모퉁이에 있는 작은 카페의 테라스에 앉았다. 천천히 얼음물을 한 잔 마시면서 호수가 노을 속으로 가라앉고 산들이 차가운 청색으로 변해가는 것을 바라보았다. 그러자 문득 표현할 수 없는 적막감이 엄습해왔다.

나는 브리싸고 담배를 피우면서 보랏빛 연기 사이로 배회하는 군중과 노래하는 아가씨들 그리고 춤추는 사람들의 뜨거운 웃음소리에서 솟아나오는 감미로운 유혹에 빠지지 않으려고 애쓰고 있었다.

"안녕하세요?"

내 옆에서 누군가의 음성이 들려왔다.

이미 여러 번 만난 적이 있는 그 중년의 신사가 서 있었다.

그는 밝은 빛깔의 깨끗한 여름 양복을 입고 있었으며, 질 좋은 여송연을 피우고 있었다.

중년 신사는 북쪽 지방의 사투리가 강한 독일어로 말했다. 사실 나는 여기서 예고 없이 그를 만나게 된 것이 속으로 기뻤다.

그는 거리낌 없이 내 옆에 앉아 레몬주스를 주문하고 나에게도 포도주를 한 병 시켜 주었다. 자연히 이야기가 시작됐다.

이 친절한 신사는 내가 지금 생각하고 경험하고 있는 모든 것을 이미 오래 전에 겪었고 느낀 것이 틀림없었다. 그리하여 좀 더 현명하고 냉정한 판단으로 처신하는 법을 익혔던 것이다.

"당신도 이탈리아에서 사랑의 체험을 해 봤을 겁니다."

그가 호의적인 미소를 띠며 말했다.

"그것도 제 여행의 한 부분이죠."

나는 느린 음성으로 꿈꾸듯 대답했다.

"하긴 그럴 겁니다."

그는 다시 웃음 띤 얼굴로 말했다.

"늘 같은 일이 되풀이되지요. 그렇지 않은가요? 이처럼 아름다운 저녁이면 누구나 이탈리아 여자들의 뒤를 쫓게 마련이죠. 반하지 않고는 못 배길 정도로 여자들이 아름다운 탓일 겁니다. 그런데 어쩌다 성공이 되어서 한 여자를 상대하게 되면 갑자기 엄청난 돈을 요구하는 거리의 여자라는 것을 알게 되지요. 그때의 기분이란 정말 유감입니다."

나는 마음을 가다듬으면서 조용히 그의 말을 듣고 있었다. 이 신사는 물론 내가 동경하는 사람은 아니다. 다만 나는 질이 좋은 포도주를 얻어 마셨고 저녁 광장 너머를 바라다 볼 뿐이었다. 그때 우연히 바로 내 맞은편에 있는 호텔 위층에서 한 여인이 작은 발코니로 나오는 것이 보였다.

여인의 얼굴은 희다 못해 창백했고 검은 머리에 키가 커 보였다. 흰 옷을 걸치고 있었는데 노을빛 때문인지 반쯤은 그림자처럼 보였다. 총총걸음으로 걸어 나온 그녀는 두 팔을 쇠로 된 난간에 올려놓았다. 실루엣을 보는 듯 부드럽고 우아한 동작이었다. 나는 그녀의 모습에 완전히 매료되었다.

"포도주 맛이 괜찮은가요?"

친절한 신사의 음성이 바로 옆에서 들려 왔다.

나는 아주 좋다고 대답하면서 그를 위해 잔을 하나 더 청했다. 그는 한 모금 가볍게 마셔 보더니 내 말에 동의했다.

다시 그의 잔에 포도주를 따르고 있는 동안 그 남자 역시 발코니에 서 있는 여자를 바라보고 있다는 것을 알았다. 그러나 그는 아무 말도 하지 않았다.

우리는 의자에 기대앉아서 점점 어두워져 가는 잿빛 어둠 속에 하얗게 서 있는 고독하고 우아한 여인의 자태를 한동안 바라보았다.

"저 여자도 혼자인가 보군요."

신사가 먼저 말했다. 우리 두 사람은 여자 쪽에서 잠시도 시선을 떼지 않은 채 가끔 향기 높은 포도주를 한 모금씩 마셨다. 그가 다시 말을 이었다.

"어쨌든 일을 성사시키려면 저곳으로 올라가 저 여인을 위해 어느 정도 노력을 해야 할 겁니다. 그렇지 않겠어요? 현명한 젊은 사람이라면 아름답고 매력적인 여인이 저녁 내내 호텔 발코니에 홀로 서서 사람들이 춤추는 모습이나 바라볼 생각이 아니라는 것쯤은 당연히 알아야겠지요. 어떻습니까?"

나는 대답 대신에 포도주를 한 잔 마셨다. 어느새 술병은 비어 있었다. 나는 다시 한 병을 더 시킨 다음 잔을 가득 채웠다. 밤이 되자 광장은 조용해졌다. 카페 앞에 놓인 식탁들은 거의 사람들로 차 있었고 거리에서는 두세 쌍이 춤을 추고 있었다. 그러나 발코니에는 아직도 그 낯선 여인이 하얗게 그림자처럼 서 있었다. 고독이 부서져 내리는 듯한 모습이었다.

조심성 있게 신사가 잔을 비웠다.

"정말 좋은 포도주군요."

그는 정확한 독일어로 말했다. 그의 말은 가장 사소한 진실까지도 모두 포함되어 있는 듯한 확신을 주었다.

그러나 갑자기 나는 그 신사를 증오하고 싶은 강렬한 감정을 느끼기 시작했다.

그가 내 어깨 위에 가볍게 손을 올려놓았다. 마치 노인들이 더 이상 젊지 않다는 것을 젊은이들에게 복수라도 하려는 듯한, 어딘가 이질감을 느끼게 하는 태도였다.

"난 그만 돌아가서 자야겠소. 이젠 제법 시원해졌으니까."

"아, 그러시겠어요?"

나는 무의미하게 대답했다.

"하지만 당신은 한동안 더 여기 앉아서 포도주를 마시며 저 위를 쳐다보겠지요. 내 말이 틀린가요? 저 여인은 정말 아름답습니다. 이봐요, 젊은 친구. 나는 너무 나이가 많아요. 그러니 잠을 잘 이룰 수가 있지요. 하지만 언제나 그랬던 것은 아닙니다. 나도 젊었을 때는 당신과 같았어요. 나는 오늘 저녁에 당신을 가까이 하면서 내 청춘시절과 너무도 흡사한 모습을 보았어요. 아무래도 우리 두 사람은 모험을 하기 위해 여자를 정복하는 부류의 남자는 못 되나봅니다. 우린 그저 발코니 위를 쳐다보며 포도주나 마시는 외로움이 많은 남자들인 것 같습니다. 지금은 내 말 뜻을 제대로 이해하기 힘들겠지만 좀 더 지나면 나와 같다는 내 말을 깨닫게 될 겁니다. 내 말을 믿어도 됩니다. 난 이러한 경우를 자주 겪었어요. 아주 어렸을 때라면 교육을 통해 다르게 훈련시킬 수도 있겠지요. 그것은 우리를 행복한 존재로 교육시키고자 하는 훌륭한 교육자가 있을 때 이루어질 수 있는 문제이기는 합니다만, 결국에는 인간이란 자기의 천성을 따르며 살게 마련입니다. 당신은 내일이든 또 다른 어떤 날이든 지금 이 탁자에 앉아 발코니를 쳐다보고 있는 것처럼 어느 곳에선가 똑같이 다른 발코니를 또 올려다보게 되겠지요. 나도 그랬으니까. 어렸을 때 가졌던 수줍음은 가난 때문이었다고 나는 늘 생각했지요. 그러나 부자가 된 뒤에도 사정은 하나도 변하지 않더군요. 자, 그럼 난 갑니다. 안녕히……"

그런 뒤에 그는, 그 빌어먹을 신사 놈은 가버렸다. 나는 거듭해서 그의 말을, 그의 지혜를 떨쳐 버리려고 노력했지만 허사였다.

나는 마치 최면술에 걸려 온 정신이 순간적으로 정지된 것 같았다. 그는 악마였다.

나는 소리 높여 보이를 불렀다. 그 신사는 자기가 주문한 주스 값을 지불하고 갔다. 그러나 포도주 두 병 값은 내가 계산해야 했다.

자리에서 일어섰을 때 나의 눈길은 끝내 의지를 이기지 못한 채 다시 한번 발코니 위로 향했다. 이미 어두워진 호텔 정면의 발코니는 가까스로 형체가 보일 뿐이었다. 이미 그 여인의 모습은 보이지 않았다.

작은 우화

"자, 받아라."

아버지는 이렇게 말하며 나에게 상아로 만든 작고 예쁜 피리를 건넸다.

"이걸 가지고 떠나거라. 그리고 이 늙은 아버지를 잊지 않길 바란다. 지금 너는 이 넓은 세상을 직접 자기 눈으로 바라보고 무엇이든 배워야 할 나이야. 너는 다른 일은 할 생각을 않고 늘 노래밖에 모르니, 내가 이 피리를 만들었다. 그러니 늘 맑고 착한 노래를 부르거라. 그래서 하나님으로부터 받은 천성을 살리길 바란다."

나의 아버지는 학자였기 때문에 음악에 대해서는 별로 아는 바가 없었다. 그래서 당신의 아들은 상아로 만든 작은 피리만 불면 될 거라고, 그것으로 만족할 거라고 아버지는 생각하고 있었다. 나는 그런 아버지의 기대에 어긋나고 싶지 않아 고맙다는 인사와 함께 그 피리를 받아 안주머니에 넣고 작별을 고했다.

내가 살고 있는 마을 계곡에는 큰 농장의 물방앗간이 있었다. 그곳을 지나면 저편에 넓은 세상이 시작되었다. 그 넓은 세상이 나에게는 무한한 즐거움과 기대감을 주었다.

길을 걸어가다 쉬고 있는데 이 최초의 휴식 중에 피곤에 지친 꿀벌 한 마리가 나의 소매에 앉았다. 나에게는 그 꿀벌이 마치 고향에서 마지막으로 보내온 인사를 전달하는 심부름꾼처럼 여겨졌다. 그래서 소매에 앉은 그 벌을 소중히 여기며 길을 재촉했다.

짙은 숲과 풀밭이 길 좌우로 이어져 있었고, 시냇물은 나를 따라 흘렀다. 처음 보는 넓은 세상이었지만 고향과 그다지 다르게 생각되지는 않았다.

많은 나무들과 꽃, 보리 이삭과 꿀밤나무들이 나에게 말을 걸었다. 나는 그것들과 더불어 노래를 불렀다. 모두가 나의 새로운 출발을 축복해 주는 것 같았다. 그 노래 소리에 나의 소매 위에서 휴식을 취하고 있던 꿀벌이 눈을 뜨고 천천히 어깨까지 기어올라 날갯짓을 하더니 가늘고 달콤한 소리를 내며 다시 내 주위를 한 바퀴 돌고 나서 곧바로 내가 떠나 온 고향 쪽으로 날아갔다.

숲 속에서 나이 어린 소녀를 만났다. 팔에 바구니를 끼고 금발에 폭이 넓은 밀짚모자를 쓰고 있었다.

나는 그녀에게 말했다.

"안녕! 넌 어딜 가는 중이니?"

"밭일을 하고 계시는 어른들께 점심을 가져다주는 중이야."

하고 말하면서 그녀는 나와 함께 나란히 걸었다.

"그런데 넌 지금 어디로 가고 있지?"

"넓은 세상으로 가는 길이야. 아버지가 가라고 하셨어. 사람들에게 맑고 아름다운 피리소리를 들려주라고 했거든. 그런데 아직 피리를 불 줄 몰라서 배우려고 해."

"그래? 그럼 넌 뭘 할 줄 아는데? 어쨌든 단 한 가지라도 할 줄 아는 게 있어야지."

"뭐, 특별히 잘하는 건 없어. 노래를 좀 부르는 것 외에는……"

"어떤 노래를 부르는데?"

"무슨 노래든 다 불러. 아침에 대해서도 노래하고 물론 저녁 노래도 부르지. 또 나무나 동물, 꽃에 대한 노래도 부를 줄 알아. 이를테면 말이야, 지금은 숲 속에서 추수를 하는 사람들에게 점심을 가져다주는 소녀에 관한 노래도 부를 수 있어."

"정말? 어디 한 번 불러봐."

"그래, 그런데 네 이름이 뭐지?"

"브리킷드……"

나는 밀짚모자를 쓴 예쁜 브리킷드에 관한 노래를 불렀다.

그녀가 바구니 속에 점심을 넣는 모습, 풀과 꽃들이 그녀를 맞이하고 또 떠나보내는 장면, 뜰의 파란 꽃이 그녀에게 향기를 보내는 장면, 그밖에 여러 가지 장면을 묘사해서 노래로 불렀다. 소녀는 조용히 귀를 기울이더니 정말 아름다운 노래라고 말했다.

노래를 끝낸 내가 배가 고프다고 말하자 소녀는 바구니

뚜껑을 열고 빵 한 조각을 꺼내 주었다. 내가 빵을 먹으면서 계속 걸어가자 그녀가 말했다.

"걸어가면서 음식을 먹는 건 좋지 못한 습관이야. 모든 일은 천천히 해야지."

그래서 우리는 풀밭에 앉았다. 내가 빵을 먹는 동안 그녀는 옆에 앉아서 햇볕에 그을린 두 손으로 무릎을 안고 나를 바라보고 있었다.

"다른 노래를 불러 줘."

내가 빵을 다 먹자, 그녀가 말했다.

"좋아, 무슨 노래를 부를까?"

"떠나간 연인 생각에 슬픔에 잠긴 소녀의 노래……"

"글쎄, 그런 것에 대해선 잘 모르겠어. 그리고 그렇게 슬픈 얼굴을 하면 안 돼. 우리 아버진 언제나 사랑스럽고 사람들이 기뻐하는 노래만 부르라고 말씀하셨어. 두견새나 나비의 노래를 불러 줄게."

"그럼 넌 사랑의 노래는 전혀 모르니?"

하고 그녀가 물었다.

"사랑? 물론 나도 알지. 그건 이 세상에서 가장 아름다운 거야."

나는 곧 햇볕이, 불타는 듯한 들꽃을 사랑하고 함께 춤추며 기쁨에 넘치는 장면을 노래하기 시작했다. 암컷 새가 수컷을 기다리다가 수컷이 오자 깜짝 놀라 달아나는 모습도 노래했다. 그리고는 갈색 눈의 소녀와 새로운 마을을 찾아온 소년의, 노래를 부르고 빵을 얻어먹는 장면을 노래했다.

사실 소년은 빵이 더 필요했다. 키스해 달라고, 갈색의 눈을 들여다보고 싶다고 긴 노래를 부르자 소녀가 미소를 지으며 그의 입술에 오래도록 키스를 한다는 그런 노래였다.

그러자 브리킷드는 나에게로 가까이 다가와 내 입술에 자기 입술을 대고 잠시 눈을 감았다가 떴다. 나는 콧등이 보이는 그녀의 갈색 눈을 들여다보았다. 눈동자 속에 내 모습과 흰 들꽃 두세 송이가 피어 있었다.

나는 속삭이듯 말했다.

"와! 세상이 너무나 아름답구나. 정말 아버지가 말씀하신대로야. 내가 점심 나르는 일을 도와줄게, 우리 함께 너희 가족들이 일하고 있는 곳으로 가자."

나는 그녀의 바구니를 들고 들판을 걸어가기 시작했다. 그녀의 풀 밟는 발자국 소리와 나의 발자국 소리 그리고, 그녀와 나의 유쾌한 기분이 하나를 이루고 있었다.

끝없이 이어진 숲으로부터 다정하고 상쾌한 바람이 불어왔다. 정말이지 이런 아름다운 기분으로 들과 산을 따라 걸어본 적이 없었다.

줄곧 노래를 부르던 나는 끝내 가슴이 벅차올라 더 이상 노래를 부를 수 없게 되었다. 실로 많은 것들이 계곡과 산에서, 시냇물과 숲 속에서, 풀과 잎사귀의 웅성거림 속에서 이야기로 전해졌기 때문이다.

나는 생각했다. 이 세상의 수많은 노래를, 풀잎과 꽃, 인간과 구름, 낙엽과 수목, 숲과 동물들의 노래 그리고 먼 바다와 산, 별과 구름의 노래를 남김없이 이해하고 부를 수 있다면, 또한 그 모든 노래가 동시에 내 안에서 울려 퍼질 수 있다면 나는 하나님이 되고, 새로운 노래들 하나하나가 별이 되어 밤하늘에서 빛날 거라고.

이런 건 처음 꿈꿔보는 일이었다. 나는 문득 이상한 기분에 사로잡혔다. 브리킷드가 발걸음을 멈추고 내가 들고 있는 바구니를 꽉 붙잡았다.

"여기서 저쪽으로 올라가야 해. 저 위의 밭에서 우리 식구들이 일하고 있어. 이제부터 어디든지 나와 함께 가지 않을래?"

하고 그녀가 말했다.

"아니, 너랑 함께 갈 수가 없겠다. 나는 계곡을 내려가서 아주 멀리 가야 해, 브리깃드. 빵과 키스는 정말 고마웠어. 널 잊지 못할 거야."

소녀는 점심 바구니를 받아들었다. 갈색 그림자 속 그녀의 눈이 다시 한 번 나를 바라보았다. 그러더니 그녀의 입술이 내 입술 가까이에 와서 닿았다. 그녀의 입맞춤이 너무도 달콤했기 때문에, 나는 행복에 겨운 나머지 슬픔을 느꼈다. 그래서 황급히 인사를 하고는 길을 뛰어 내려왔다.

소녀는 천천히 등성이를 올라가다가 숲에 다다르자 나무 그늘에 서서 아래를 내려다보며 나를 찾았다. 내가 모자를 벗어 흔들며 신호를 보내자 그녀는 고개를 끄덕이고 난 뒤 어두운 나무 그늘로 사라졌다.

나는 하얗게 뻗은 들길을 걸으며 깊은 생각에 잠겼다.

얼마 후에 물방앗간이 나타났다. 그 옆의 수로에 작은 나룻배 한 척이 고요히 떠 있었다. 배 안에는 남자 한 사람이 앉아 있었는데 마치 기다렸다는 듯이 내가 모자를 벗고 배에 오르자, 곧 배를 움직여 강을 따라 내려갔다. 나는 배 한가운데 앉고 그 남자는 끝 쪽에 있는 노 옆에 앉아 있었다.

이윽고 내가 어디를 가느냐고 묻자 그는 얼굴을 들어 아주 쓸쓸해 보이는, 그늘 짙은 잿빛 눈으로 나를 바라보았다. 그의 음성은 낮고 젖어 있었다.

"어디든 네가 원하는 곳은 다 갈 수 있어. 강물을 따라 바다로 가든 큰 도시로 가든 네 자유야. 그 모든 게 다 내 거니까."

"모두 당신 거라고요? 그럼 왕이란 말인가요?"

"좋을 대로 생각하고. 너는 시인 같은데 뱃노래나 불러보지."

나는 순간적으로 긴장했다. 어딘지 이 사람이 두렵다는 생각이 들었다. 우리가 타고 있는 배는 빠른 속력으로 강을 따라 내려갔다. 그러는 동안 나는 노래를 불렀다. 배로 많은 것을 운반하고, 태양빛 아래 바위 기슭에서 소용돌이치며 즐거운 여행을 계속하는 강에 대한 노래였다.

그 사람의 표정은 조금도 변하지 않았다. 내가 노래를 끝내자 그는 꿈꾸는 사람처럼 조용히 고개를 끄덕였다. 그리고는 놀랍게도 노래를 부르기 시작했다. 그의 노래는 내 노래보다 더 아름답고 힘차 보였으나 나와는 전혀 울림이 달랐다.

그가 노래하는 강은 파괴자로서 산에서 거세게 쏟아져 내리는 물결이었다. 그리하여 물방앗간에서 잠시 멈추고, 다리 아래를 흐르면서 소용돌이치는 물결이었다. 강은 자기가 띄어 보내야 하는 배를 하나 같이 미워했다. 강은 미소를 지으면서 물결과 갈대밭에서 물에 빠진 사람들의 몸을 용서 없이 뒤흔들어 놓았다.

그러한 강의 모습은 흥미로운 것이었다. 그러나 나는 그 노래의 아름답고 신비한 울림에 빠져드는 한편으로 가슴이 답답해 옴을 느꼈다. 이 다정하고 현명한 늙은 가수의 노래가 진실이라면 나의 노래는 모두가 어리석고 보잘것없는 소년의 유희에 지나지 않았다.

그렇다면 이 세상은 하나님의 마음처럼 아름답지도 밝지도 않으며, 어둡고 괴롭고 험난한 것이었다. 숲이 바람에 쏠리는 것은 즐거워서가 아니라 괴로움 때문이라는 게 분명했다.

배는 물살을 가르며 앞으로 나아갔고 그림자는 더욱 길어졌다. 나의 노래 소리는 전처럼 명랑하게 들리지 않았고 차츰 작아지고 있었다. 그때마다 늙은 가수는 세상을 뒤흔들어 놓을 것처럼 괴롭게, 나를 당혹스럽고 슬프게 하는 노래를 대답하듯 불렀다.

내 마음은 너무나 괴로웠다. 나는 시골의 풀숲에, 아름다운 꽃이 있는 곳에, 눈부신 브리킷드의 곁에 머물지 않았음을 후회했다. 점점 어두워지는 그늘 속에서 나는 마음을 위로하기 위해 큰 음성으로 노래를 부르기 시작했다. 브리킷드와 입맞춤에 대한 노래가 황혼 무렵까지 울려 퍼졌다.

주위가 점점 어두워지기 시작했다. 나는 입을 다물었고 이번엔 노를 잡은 남자가 다시 노래를 시작했다. 그 역시 사랑에 대하여, 입맞춤 그리고 연인과 함께 있는 기쁨에 대해, 갈색 눈과 붉은 입술에 대해 노래를 불렀다. 어두워지는 강물 너머, 괴로운 심정으로 부른 그의 노래는 아름답고 감동적이었다. 그 노래 속에 깃들어 있는 사랑 역시 어둡고 불안한, 생명의 비밀 바로 그것이었다.

인간은 그 비밀을 찾아내기 위해 고통과 동경으로 혼돈 속을 방황하고 상처를 받는 것이다. 또한 그 비밀로 인해 사람들은 서로가 괴로워하고 끝없는 살육을 되풀이하는 것이다.

가만히 그의 노래에 귀를 기울이고 있자니 내 마음은 몇 해 동안 나그네 신세로 비참한 불행만을 보아온 사람처럼 피로하고 슬퍼졌다. 슬픔과 근심의 차가운 기운이 그 남자에게서 나에게로 흘러들어오는 것 같았다.

"죽음은 삶보다 아름다운 것이군요. 그렇다면 슬픔의 왕이여, 죽음의 노래를 들려주세요."

하고 나는 비탄에 찬 음성으로 말했다.

그러자 노를 젓고 있는 남자가 죽음에 대해 노래하기 시작했다. 내가 지금껏 들어보지 못한 가장 아름다운 노래였다.

그러나 죽음 또한 가장 아름답고 고귀한 것은 아니었다. 죽음 가운데에도 위안은 없었다. 죽음이 바로 삶, 그 자체였으며 삶이 또한 죽음이기도 했다. 삶과 죽음은 그 형체를 드러내지 않고 혼돈 속에서 극심한 사랑의 싸움을 되풀이하며 존재하고 있었다. 그것이 인간의 숙명이며 지상의 의미이기도 했다.

거기에서는 어떠한 불행도 찬미할 수 있는 빛이 흘러나오고 있었다. 그와 동시에 일체의 기쁨과 아름다움으로 하여금 빛을 잃게 만들어 암흑으로 감싸버리는 그림자가 내재해 있었다. 그러나 그 암흑 속에서도 기쁨은 한층 아름답게 빛을 발하며, 사랑은 그 고통 속에서 한층 깊고 뜨거움을 더했다.

나는 귀를 기울이며 침묵했다. 이제 그 남자의 뜻 이외에 다른 뜻이라고는 나에게 없었다. 그의 눈길이 나를 조용히 건네다 보고 있었다. 슬픔과 다정함이 깃들어 있는 그의 잿빛 눈이 세상의 괴로움과 아름다움으로 가득 넘쳐 났다.

그는 나에게 미소를 지었다. 그래서 나는 용기를 내어 괴롭게 말했다.

"그만 되돌아가고 싶습니다. 더 이상 어둠을 견딜 수가 없군요. 나는 브리킷드를 만날 수 있는 곳으로 가고 싶습니다. 아니면 고향의 아버지 곁으로요."

남자는 일어서며 어둠을 가리켰다. 그러자 불빛이 그의 여윈 얼굴을 비추었다. 밝은 표정에는 진지함과 친절이 깃들어 있었다.

그가 말했다.

"되돌아 갈 길은 없어. 세상을 알려면 오직 앞으로 나아가는 길 뿐이야. 넌 갈색 눈의 소녀한테서 이미 아름다움을 발견했겠지. 그녀와 멀리 떨어지면 떨어질수록 소녀는 한층 아름답게 보일 것이다. 좋아. 어느 곳이든 네 마음대로 가거라. 노를 너에게 넘겨 줄테니……"

슬픔 가운데에서도 문득 그의 말이 옳다는 생각이 들었다. 간절한 그리움으로 나는 브리킷드와 떠나온 고향을 생각했다. 얼마 전까지만 해도 온전한 내 것이었던 세상의 밝음이 지금은 어디론가 사라져 버렸다. 나는 그 남자의 자리에 앉아 노를 잡으려고 했다. 이제 그 길밖에는 다른 방도가 없었다.

나는 말없이 일어나서 그가 있던 자리로 가서 앉았다. 그 남자도 내가 있던 곳으로 자리를 옮겼다. 서로 자리바꿈을 할 때 그는 나의 얼굴을 바라보면서 들고 있던 등불을 건네주었다.

그런데 노를 젓는 자리에 앉아 등불을 걸어놓는 순간 나는 문득 배 안에 혼자 있음을 깨닫고 마음이 섬뜩해졌다. 그 남자가 어디론가 자취를 감춘 것이었다. 그러나 나는 놀라지 않았다. 사실은 이미 예상하고 있었기 때문이다.

아름다운 방랑의 나날도, 브리킷드도, 아버지도, 고향까지도 한 여름 밤의 꿈에 지나지 않는 것 같았다. 나 자신이 이제까지 늙고 외로운 몸으로 오랜 시간 어두운 밤 속에서 강물을 흘러온 듯이 생각되었다.

나는 그 사람을 절대로 불러서는 안 된다는 사실을 알았다. 그것을 깨닫는 순간 식은땀이 흘렀다. 나는 이러한 느낌을 확인하기 위해 배 난간을 붙잡고 등불을 수면 위로 높이 쳐들었다.

그러자 검은 강물에서 날카롭고 진지한 얼굴이 잿빛 눈으로 나를 올려다보고 있었다. 세상을 깨달은 노인의 얼굴이었다. 그것은 바로 나였다.

되돌아갈 길을 발견할 수가 없었으므로 나는 어둠 속에서 강물 위를 계속 전진해 갔다.

시인의 꿈

오랜 중국의 전설에 의하면 황하 유역의 어느 지방에 시인 한 포크라는 사람이 살고 있었다. 젊었을 때 그는 시 짓기에 있어 완성의 경지에 도달하겠다는 커다란 야망과 포부를 지니고 밤낮을 가리지 않고 열중하였다.

당시 그는 황하 부근의 고향에 살고 있었는데, 그를 사랑하는 부모의 주선으로 어느 양가집 규수와 약혼을 하고 곧 날을 받아 결혼식을 치르기로 약속했다.

갓 스물 남짓의 한 포크는 예의 바르고 건실한 젊은이였다. 그는 일찍부터 학문을 익혀 젊은 나이에 비해 시를 잘 지어 이미 고향뿐만 아니라, 인근 문사들에게도 명성이 높았다.

그는 부유한 편은 아니었지만 부족하지 않을 정도의 유산을 물려받게 되어 있었고, 또한 약혼자의 지참금으로 재산은 더욱 불어날 터였다. 무엇보다 약혼자의 아름다움과 정숙함에 청년은 더 한층 기뻤다. 하지만 그는 만족할 수가 없었다. 왜냐하면 그의 마음은 항상 높은 경지에 도달한 완전한 시인이 되려는 야심에 불타고 있었기 때문이다.

어느 날 밤, 강물 위에서 불을 밝히는 마을 공동의 축제가 열렸다. 한 포크는 그들과 떨어져 홀로 강가를 거닐고 있었다. 그러다가 강물에 가지를 드리운 나무에 기대서서 수면 위에 어른거리는 불빛을 하염없이 들여다보고 있었다.

강 저쪽에선 배를 탄 처녀들이 서로 인사를 나누고 새 옷을 입고 있는 모습이 불빛에 더욱 아름다워 보였다. 불빛에 아롱지는 잔 물결소리, 여자의 노래 소리, 비파소리, 피리소리가 한데 어울려 들려왔다. 그 위에 푸른 밤하늘이 신전의 둥근 천정처럼 둘러싸여 있었다.

강가에 홀로 우두커니 서서 방관자처럼 그 아름다운 정

경을 눈여겨보던 젊은 청년의 가슴도 두근거리기 시작했다. 그쪽으로 달려가 친구들과 어울려 사랑스런 약혼자와 함께 축제를 즐기자는 생각이 불현듯 일어났다. 하지만 그는 오히려 섬세한 방관자의 입장에서 냉철하게 이 일체를 받아들여 완전한 한 편의 시로 표현해 보고 싶은 강렬한 욕구를 느꼈다.

대기의 촉촉한 푸른 빛, 물 위에 비치는 불빛의 영롱함, 축제를 즐기기 위해 몰려온 사람들의 떠들썩함 이 모든 것들을 그는 나무에 기대 선 조용한 방관자의 입장에서 아름다운 문장으로 재현해 보고자 했다.

그는 자신이 지상의 어떤 즐거움이나 축제 속에도 도취될 수 없다는 것을 느끼고 있었다. 세상 한복판에 붕 떠 있는 하나의 섬처럼, 그는 언제나 고독한 방관자로 머무는 것이었다.

그는 자신의 영혼이 다른 사람들과 함께 어울려 지상의 아름다움을 누리고 있는 순간에도 늘 이방인과 같은 은밀한 열망을 잊을 수 없는 운명임을 자각하고 있었다. 스스로의 모습을 깊이 성찰해 보면서 그는 진정한 행복과 깊은 만족을 얻기 위해서는 현재 자신이 속한 세계를 정화하여 불멸의 것으로 승화된 완전한 한 편의 시 속에 집어넣을 수 있어야만 한다는 것을 알았다.

한 포크는 꿈인지 현실인지 분간할 수 없는 상태에서 은밀한 소리가 나는 쪽을 바라보았다. 어두워 잘 보이지는 않았으나 분명 나무 곁에 전혀 본 기억이 없는 낯선 사람이 서 있는 것을 발견했다. 자주 빛 옷을 걸친 고귀한 인품의 노인이었다.

포크는 노인에게 귀인에 합당한 인사를 드렸다. 낯선 노인은 미소를 지으며 두세 줄의 시구를 읊었다. 그 시구에는 청년이 방금 느낀 모든 것들이 완벽하게 함축되어 있었다. 그는 심장이 멈출 것 같은 놀라움을 느끼며 머리를 숙여 인사했다.

"노인께서는 어디서 온 분이신지요. 제 마음을 다 알아보시고, 이제까지 어떤 스승에게서도 들을 수 없었던 아름다운 시를 읊어 주셨습니다."

그러자 낯선 노인은 미소를 지으며 말했다.

"훌륭한 시인이 되려면 내 곁에 있는 것이 좋을 걸세. 난 저 강의 상류에 있는 산 속에 살고 있다네. 내 이름은 완전한 말의 선생이라고 하지."

이렇게 말한 뒤 노인은 숲의 어둠 속으로 빠르게 모습을 감추었다. 한 포크는 노인을 찾았으나 그림자조차 보이지 않았다. 그는 너무 피곤한 나머지 꿈을 꾼 것인가 하는 생각이 들었다.

그는 배에 올라 축제를 즐기는 군중들 틈으로 끼어들었지만 얘기소리와 피리소리 사이로 낯선 노인의 신비한 음성이 계속해서 들려 왔다. 이미 그의 영혼은 그 노인과 함께 어디로인가 사라진 것만 같았다. 누구한테 반했기에 저 모양이냐고 놀려대는 친구들 틈에서도 그는 여전히 꿈꾸는 사람처럼 몽롱해 있었다.

얼마 후, 한 포크의 양친은 결혼 날짜를 의논하기 위해 친척들과 가까운 이웃들을 부르고자 했다. 그러자 포크는 완강히 반대했다.

"자식이 부모님을 거역한다고 생각되시더라도 부디 용서해 주시기 바랍니다. 완벽한 시인이 되고자 하는 저의 간절한 소원을 이미 아실 것입니다. 비록 제 친구들이 저의 시를 칭찬하고는 있지만, 저는 아직 갈 길이 멉니다. 그래서 얼마 동안은 홀로 고독 속에서 공부하고자 하오니 허락해 주시기 바랍니다. 아내와 가정을 돌보자면 도저히 공부를 할 수 없습니다. 아직 저는 젊고 다른 의무도 없는 몸입니다. 그러니 당분간 혼자서 시를 위해 살며 기쁨과 명성을 얻을까 합니다."

아들의 말은 아버지를 놀라게 했다.

"시를 공부하기 위해 결혼까지 연기하려는 것을 보니 필경, 그 일이 너에게는 몹시 중요한 모양이구나. 혹시 다른 사정이 있으면 말해 보렴. 약혼자가 싫어졌다든가 하면 달리 알아보겠다."

그러나 포크는 변함없이 약혼자를 사랑하고 있으며, 두 사람 사이에는 아무 이상이 없다고 말했다. 그러면서 그는 축제가 있던 날 꿈속에서 노인을 만났던 일, 이 세상의 어떤 행복보다 그 스승의 제자가 되는 것을 간절히 바란다는 얘기를 했다.

아들이 너무나 간절하게 말하는 바람에 아버지도 할 수 없이 승낙하고 말았다.

"그럼 좋다. 일 년 동안의 여유를 줄 테니 그동안 너의 꿈을 실현해 보려무나. 신의 뜻인지도 모르니 말이다."

그러나 한 포크는 주저하면서 말했다.

"이 년이 걸릴지도 모릅니다. 그것을 어찌 미리 알겠습니까?"

마침내 아버지는 슬픔을 견디며 떠나도 좋다는 허락을 내렸다. 청년은 약혼자에게 편지를 쓴 다음 길을 떠났다.

긴 여행 끝에 노인이 말한 대로 강의 상류에 도착해 산중 호젓한 곳을 찾으니 대나무로 둘러싸인 초막이 보였다. 그 집의 작은 뜰 안의 거적 위에 꿈속에서 본 노인이 앉아 있었다.

노인은 단정히 앉아 거문고를 타고 있었다. 맑고 투명한 음향이 향기처럼 흘러 넘쳤다. 그는 청년이 가까이 다가와도 일어서지 않고 말없이 고요하게 미소 지으며 부드러운 손길로 거문고 줄을 뜯고 있었다. 미묘한 소리가 계곡을 스치는 은빛 구름이 되어 흘렀다.

청년은 그 자리에 선 채 형용하기 어려우 감동과 놀라움 속에서 모든 것을 잊어버렸다. 그러자 완전한 말의 스승은 그 작은 거문고를 들고 초막 안으로 들어갔다. 한 포크도 경건히 뒤를 따랐고, 심부름꾼 겸 제자로서 노인의 곁에 머물게 되었다.

그곳에 머문 지 한 달쯤 지났을 무렵 그는 자기가 지금까지 지었던 시들이 모두 보잘것없다는 것을 깨달았다. 그는 과거의 시들을 깨끗이 잊어버렸다.

그로부터 몇 달이 지난 뒤 그는 고향의 스승에게서 배운 노래까지 자신의 마음에서 씻어버렸다. 새로 만난 스승은 그에게 어떠한 얘기도 하지 않았으며, 그저 고요하게 거문고 타는 법을 침묵으로 가르칠 뿐이었다. 제자는 온 마음을 기울여 거문고에 열중했다.

어느 날, 한 포크는 가을 하늘을 날아가는 두 마리 철새에 대한 시를 지었다. 그는 스스로 만족했다. 스승에게 보이지는 않았으나 어느 날 밤, 초막에서 약간 떨어진 곳에서 그 시를 읊었다. 스승은 듣고 있었으나 한 마디의 말도 없었다.

그때 노인은 말없이 거문고를 낮은 소리로 뜯고 있었다. 그러자 한 여름인데도 곧 공기가 냉랭해지며 노을이 지더니 어디선가 세찬 바람이 불어왔다. 잿빛 하늘에 두 마리의 백로가 바람을 가르며 날아가고 있었다. 모든 것이 청년의 시보다 아름답고 완전했다.

청년은 슬픈 마음으로 입을 다문 채 자신의 무력함을 절실히 느꼈다. 노인의 가르침은 늘 이런 식이었다. 일 년이 지나자 한 포크는 거문고 기술을 거의 습득했으나 시 짓기는 점점 더 한량없이 어렵게 느껴졌다.

이 년이 다 되었을 때, 청년은 고향에 두고 온 가족과 약혼자 생각이 간절하여 스승에게 여행을 허락해 줄 것을 부탁했다.

그러자 스승은 미소를 지으며 말했다.

"너는 언제나 자유로운 몸이야. 어디로 가든 너 좋을 대로 하렴. 돌아와도 좋고 돌아오지 않아도 된다. 그건 네 자유야."

청년은 길을 떠나 쉬지 않고 걸어 이른 아침에 고향에 다다랐다. 잠시 마을 어귀에 선 그는 다리 건너 자기가 태어나고 자란 고향 땅을 바라보았다. 조금도 변함없이 새벽꿈에 잠겨 있었다.

그는 집 앞뜰로 들어가 창 너머로 아직 잠들어 있는 아버지의 숨소리를 들었다. 그런 다음 약혼자의 집 곁에 있는 과수원으로 몰래 들어갔다. 배나무 가지 위에 올라 그녀의 방 안을 들여다보니 마침 약혼녀는 머리를 빗고 있는 중이었다.

그는 지금 눈으로 보고 있는 이 모든 것들을, 고향을 떠나있을 때 이곳을 그리워하며 머릿속에 그려본 광경과 비교해 보았다. 그러면서 자신이 역시 시인으로 태어났음을 분명히 깨달았다. 왜냐하면 그가 그리던 아름다움과 우아함은 현실 속에서는 얻을 수 없는, 오직 시인의 꿈속에만 깃들 수 있는 것이었기 때문이다.

잠시 후 나무에서 내려 온 그는 마을을 빠져나와 다리를 건너 이윽고 고향을 뒤로 하고 다시금 산중으로 돌아오고 말았다. 늙은 스승은 예전과 다름없이 초막 앞 밀짚방석에 앉아 한가롭게 거문고를 뜯고 있었다. 그리고는 인사말을 대신해 두 줄의 시구詩句를 읊었다. 그 심오함과 아름다운 형식에 청년의 두 눈에서는 감격의 눈물이 흘러내렸다.

다시 한 포크는 완전한 말의 스승 곁에 머물게 되었다. 이미 그는 거문고에는 완벽했으므로 다음에는 비파를 배웠다. 세월은 서풍에 녹는 눈처럼 빨리 지나갔다. 그는 또다시 고향을 그리는 향수에 견딜 수가 없어져 두 번을 산중의 초막에서 벗어나려 했었다.

한 번은 밤중에 몰래 도망쳤으나 계곡을 벗어나는 마지막 길목에 다다르기 전에 초막의 문에 걸어둔 비파가 밤바람에 스치는 소리가 났다. 그 비파소리가 그를 쫓아와 발걸음을 멈추게 했기 때문에 그는 더 이상 앞으로 나갈 수가 없었다.

두 번째는 그가 꿈을 꾸었을 때였다. 꿈에서 그는 정원에 나무를 심고 있었는데 아내가 곁에 서 있고 아이들이 나무에 포도주와 우유를 주는 꿈이었다. 잠에서 깨어나자 방안에는 달빛이 비치고 있었다. 그는 침착성을 잃고 일어나 옆에 잠들어 있는 스승을 보았다.

흰 수염이 달빛에 파르라니 흔들렸다. 그러자 불현듯 잠들어 있는 노인이 자기의 생활을 망치고 미래를 빼앗은 것처럼 느껴지면서 증오심이 물밀듯이 치밀어 올랐다. 한순간 그는 노인에게 덤벼들어 죽이고 싶다는 충동을 느꼈다. 그때 노인이 눈을 뜨고 점잖게, 아니 슬픈 표정으로 미소를 지었다. 제자는 어쩔 수가 없었다.

노인이 조용한 음성으로 말했다.

"한 포크, 생각을 해보게. 너는 네가 하고 싶은 일이 있으면 마음대로 해도 좋아. 고향으로 돌아가 나무를 심든, 나를 저주하며 죽이든, 자네 뜻대로 하게."

"아! 제가 어찌 스승님을 미워할 수 있겠습니까? 그것은 하늘을 거역하는 것과 같습니다."

하고 시인은 감동하여 말했다.

그는 스승 곁에 머물면서 더욱 열심히 비파 뜯는 기술을 전수받았다. 다음엔 피리, 그 다음에는 스승의 엄격한 지도를 받으며 시작詩作에 몰두했다. 그러면서 그는 결코 서두르지 않고 간단하면서도 소박한 표현으로 바람이 수면을 흔드는 듯한, 사람의 깊은 영혼을 부르는 오묘한 비법을 배웠다.

금방 떠오른 아침 해가 산봉우리를 비추는 신선하면서도 찬란한 모습, 한 떼의 물고기가 물속을 소리 없이 유영하는 모습, 어린 버드나무 가지가 미풍에 흔들리는 모양들이 시로 탄생했다. 듣는 사람에게 있어 그것은 단순한 태양이나 물고기의 유희, 버드나무의 속삭임이 아니었다. 그것은 하늘과 땅이 한순간에 완전히 음악에 용해된 반향反響처럼 느껴졌다. 또한 듣는 사람 모두가 즐거움과 괴로움으로 자기가 사랑하는 것과 미워하는 것을 동시에 느끼게 되는 것이었다. 그의 시를 들으면서 소년은 유희를, 청년은 사랑을, 노인은 죽음을 생각했다.

이미 한 포크는 스승의 초막에서 몇 해를 머물고 있었는지를 잊어버리고 말았다. 어떨 땐 간밤에 이 계곡에 처음 들어온 것과 같은 기분이 들기도 했다. 때로는 많은 세대와 시대가 흘러가 버린 듯한 막막한 느낌이 들 때도 있었다.

어느 날 아침, 시인은 초막 안에서 홀로 눈을 떴다. 사방을 둘러보아도 스승의 모습이 보이지 않았다. 어디로인가 멀리 떠나간 것 같았다. 하룻밤 사이에 가을이 갑자기 찾아온 것처럼 스산한 바람이 낡은 초막을 흔들었다. 아직은 시기가 아닌데도 철 이른 새떼가 어디로인가 날아가고 있었다.

마침내 한 포크는 작은 거문고를 들고 고향을 찾아 초막을 떠났다. 만나는 사람마다 그에게 노인과 귀인을 대하는 존경의 인사를 했다. 이윽고 태어난 고향 마을에 들어서자, 그의 약혼자도 아버지도 이미 세상을 떠났고, 그들이 살던 집에는 다른 사람들이 살고 있었다.

그날 밤, 아득히 지난 어느 한때처럼 강 위에서 등을 밝히는 축제가 열리고 있었다. 시인 한 포크는 한쪽 어두운 강가에서 늙은 나무에 등을 기대고 서 있었다. 그가 들고 있던 작은 거문고를 뜯기 시작하자, 여자들은 한숨을 쉬며 황홀한 눈빛으로 무언가를 애타게 갈망하는 것처럼 어둠 속을 바라보았다.

젊은이들은 거문고 주인을 찾았으나 끝내 발견할 수가

없었다. 그들은 지금까지 어느 누구도 그와 같은 거문고 소리를 듣지 못했노라고 소리쳤다. 그러나 한 포크는 미소를 지으며 수많은 색색의 등불이 수면 위를 비쳐 명멸하며 아롱지는 강물을 환상처럼 바라보고 있었다.

수면에 떠 있는 등불과 진짜 등불이 구별되지 않는 것처럼, 그의 마음속에서도 지금의 이 축제와 젊은 시절 이곳에서서 낯선 스승의 피리소리를 듣고 그의 말을 따랐던 그 최초의 축제가 더 이상 구별되지 않았다.

Hermann Hesse

Chapter 2

청춘의 사색

나는 사랑의 꽃을 피게 했으나
그 열매는 슬픔이었다.
나는 믿음의 꽃을 피게 했으나
그 열매는 미움이었다.

방황에 대하여

양떼와 함께 목동이

한적한 오솔길로 들어선다

집들은 잠에 겨운 듯 어둠 속에 잠기고

꾸벅거리고 있다.

나는 이 마을에서, 지금

단 한 사람의 이방인

그리움의 잔을 마지막까지 비운다.

> **길을 따라 어디로 향하든**
> **부엌에는 언제나 불이 타고 있었다.**
> **그러나 나만은**
> **고향과 조국을 느껴보지 못했다.**

난로불이 꺼지자 다리가 시려 와서, 나는 몸을 떨며 추위 속에서 눈을 떴다. 벌써 아침이 되어 옆에 있는 부엌에서 누군가가 불을 때는지 나무 타는 소리가 아련히 들려 왔다.

이번 가을에 처음으로 목장에 서리가 내린 모양이었다. 나무 침대였기 때문에 무척 잠자리가 불편하여 잠에서 깨어나도 몸이 어딘가 아픈 것 같다.

그러나 잠은 잘 잔 편이였다. 부엌에서 일하는 할머니로부터 아침 인사를 받은 뒤에 나는 세수를 하고, 어제의 거센 바람 탓에 먼지가 많이 묻어 있는 옷을 솔질했다.

방에서 뜨거운 커피를 마시려고 하는데 밖에서 손님이 들어오며 점잖게 인사를 하고는 식사가 준비된 내 테이블로 와서 앉았다. 그는 여행용 가방에서 흔히 볼 수 있는 브랜디를 자기 잔에 따른 다음, 내게도 권하는 것이었다.

"고맙습니다마는……"

하고 나는 망설이면서 말했다.

"술은 조금도 못합니다."

"정말이십니까? 저는 이게 없으면 우유도 못 마시거든요. 이건 예삿일이 아니지요. 물론 단점 없는 사람은 없지만요."

"천만예요. 그 정도 일로 비관할 필요는 없습니다."

"뭐, 저도 비관까지는 하지 않아요. 제 탓이 아니니까요."

그는 혼자 말하고 변명을 하는 그러한 타입의 사람이었다. 어쨌든 그의 첫인상은 부드러웠고 좀 지나칠 정도로 점잖았으며, 이해심이 깊고 활달하게 느껴졌다. 보통 사람들처럼 검소해 보였고, 매우 침착하고 깨끗한 용모를 갖고 있는 편이었으나 어딘지 모르게 고집스러워 보였다.

그는 나를 주의 깊게 바라보더니 내가 짧은 바지를 입고 있는 것을 보고는 자전거로 왔느냐고 물었다.

"아닙니다. 걸어왔습니다."

"네에, 도보 여행을 하시는군요. 시간만 있다면 운동도 되고 참 좋지요."

"쓸 만한 목재는 사셨습니까?"

"네, 조금……. 집에서 쓰려고요."

"저는 목재상을 경영하시는 분이 아닌가 생각했습니다."

"잘못 보셨네요. 저는 옷감 장수입니다. 작은 포목점을 하고 있지요."

나는 커피와 함께 버터 바른 빵을 아침으로 먹었다. 그가 버터 덩어리를 가져갈 때 나는 그의 잘생긴 섬세한 손에 눈길이 끌렸다.

그는 일겐베르그까지의 여정을 여섯 시간으로 잡고 있었다. 그는 마차를 가지고 왔다면서 함께 가자고 권했지만 나는 그의 친절을 거절하지 않으면 안 되었다. 그래서 남자에게 도보여행의 목적을 말하고 변명까지 늘어놓았다. 그런 뒤에 여인숙 주인을 불러 숙박료를 계산하고는 먹다 남은 빵을 가방에 챙겨 넣은 다음 상인에게 작별 인사를 했다. 그리고는 층계를 내려와 돌을 깐 현관을 지나 찬 서리에 젖은 아침 속으로 선뜻 나섰다.

여인숙 앞에는 포목점 주인이 타고 온 경쾌한 2인용 마차가 있었다. 그때 그의 하인이 마구간에서 말을 끌어내오고 있었는데, 작고 통통하게 살이 오른 말은 젖소처럼 희고 붉은 점이 있어 장난스러워 보였다.

길은 얼마동안 강변을 따라 이어져 있었으나 숲이 나타

나자 언덕을 향해 오르막이 시작되었다. 혼자서 외롭게 길을 걸어가는 동안 결국 모든 길은 이렇게 쓸쓸하게 이어져 있다는 생각이 들었다. 여행과 산책의 길뿐만 아니라 내 생애의 모든 사람으로 통하는 길도 이처럼 고독하게 뻗어있는 것은 아닐지.

많은 사람들, 친구와 친척, 아름다운 인연을 맺은 사람과 사랑하는 사람, 사실 이러한 사람들이 언제나 내 주변에 있었지만 자신의 품안으로 나를 끌어들이지 못했으며 나의 빈 마음을 결코 채워 주지 못했다. 그리하여 나는 나 자신이 발을 들여놓고 닦아놓은 길 이외에는 걸어갈 수 없었다.

모든 사람들은 그가 무엇을 원하든 숙명적으로 던져진 공처럼 이미 걸어 갈 길이 정해져 있어서 그것이 운명이요, 조롱이라고 생각하면서도 그 길을 걸어가는 것이다.

그러나 어쨌든 '운명'은 우리들 내부에 있는 것이지, 결코 밖에 있는 것은 아니다. 그렇기에 삶의 표면과 눈에 보이는 사건이 불확실성을 띠게 된다. 보통 괴롭다고 생각하고 비극적이라고 불리는 것조차도 종종 쓸데없는 것이 되어 버린다. 그리고 비극적인 것을 보고 무릎을 꿇는 사람들은 미처 생각지도 못한 일에 번민하면서 그로 인해 파멸의 나락으로 떨어지는 것이다.

나는 생각해 보았다. 나와 같이 자유분방한 성격의 소유자를, 그곳의 집이나 사람들과 아무 관계도 없고 오히려 불필요한데다 환멸이나 고통밖에 가져다주지 못하는 일겐베르그의 거리로 이끄는 힘은 도대체 무엇일까?

그리하여 걷고 또 걸어가고, 풍자諷刺와 불안 속에서 방황하는 나의 모습을 이상하게 바라보는 또 다른 내가 존재하고 있었다.

아름다운 아침이었다. 가을의 풍요로운 대지와 투명한 공기에는 벌써 초겨울 분위기가 감돌고 있었다. 해가 뜨면서 대기의 맑은 빛이 사라지고 찌르레기 떼가 무리지어 은빛 날개를 소리 높이 펄럭이며 밭 위로 날고 있었다.

골짜기에는 양떼가 구름처럼 천천히 움직이고, 가볍게 일어나는 먼지 속으로 양치기들의 파이프에서 보랏빛 연기가 피어올랐다.

한없이 뻗어간 산줄기, 아직도 빛깔이 선명한 숲, 갈색의 버들이 늘어진 시냇가 등등, 이 모든 것이 마치 한 폭의 그림처럼 투명한 공중에 우뚝 펼쳐져 있었다. 대지의 아름다움을 누가 찬미하든 말든 그리운 몸짓으로 속삭이고 있었다.

하늘로 산이 솟아오르고, 바람이 잔잔히 골짜기에 머물러 있고, 떡갈나무 잎이 짙은 갈색으로 물들고, 새들이 떼를 지어 하늘을 나는 모습을 본다. 일상생활에서 겪게 되는 모든 자잘한 문제들 그리고 끊임없이 의문을 갖게 하는 우리 인간들의 존재와 비교해 보면 이것들은 신비스럽고도 매혹적인 것이었다.

그 영원한 수수께끼가 마음속에 깃들어 달콤하게 사색의 나래를 펴게 한다. 풀리지 않는 것들에 대해 말하게 하고, 자연에서 얻어지는 순수함으로 교만함을 버리게 만든다. 또한 모든 것을 감사하게 받아들임으로써 우주의 손님인 자연을 엄숙하고 자랑스럽게 느끼게도 했다.

숲 속에서 산새 한 마리가 푸드득 날갯짓을 하며 바로 내 눈앞으로 날아갔다. 산딸기의 갈색 잎이 덩굴 채로 길 위에 늘어져 있고 잎마다 투명한 엷은 서리가 비단같이 내려 마치 빌로드의 고운 털같이 은빛으로 빛나고 있었다.

얼마동안 산기슭을 올라가 전망이 확 트인 산허리에 이르자, 곧 눈앞에 전개된 풍경이 낯익다는 것을 알게 되었다. 그러나 나는 겨우 어제 하룻밤을 묵은 이 작은 마을의 이름을 모른다. 또한 물어보려고 하지도 않았다.

나는 북쪽 숲을 따라 걷고 있었으므로 우람한 나무의 밑동과 두툼한 가지, 드러난 뿌리 등의 대담하고 괴상한 형태를 바라보며 그것을 즐기고 있었다. 그런 것들을 보면서 상상의 나래를 펼치는 것 또한 삶의 가치를 더하는 일이었다.

처음에 그것들은 우스운 인상을 주는데 불과했다. 나무뿌리가 이리저리 얽히고 흙이 드러나기도 했으며 제각기 모양을 달리한 가지나 잎사귀를 보면 이상한 모양도 있었고 어떨 땐 아는 사람의 얼굴처럼 보이기도 했다. 한참 그것들을 보고 있노라면 나의 두 눈이 더욱 빛나게 되어 나중엔 별 주의를 기울이지 않아도 저마다 독특한 형태를 갖춰 보이며 시선을 끌게 된다.

이렇듯 늠름한 형태가 대담하게 부동의 자세로 그곳에서 있는 모습을 보면 마침내 이 묵묵한 군상들 속에 합법성과 준엄한 필연성이 내포되어 있는 것으로 보인다. 우스꽝스럽던 첫 인상은 사라지고 무시무시한 호소력으로 나를 매료시키는 것이다.

비록 늘 가면을 쓴 채 살아가는, 변하기 쉬운 인간이지만 진실한 내면의 눈으로 자연을 바라보게 되면 무한한 대자연의 신비 속에서 인간의 능력이 얼마나 미미한가를 새삼 깨닫게 되는 것이다.

> 가을비가 회색의 숲을 파헤치고
> 골짜기는 아침 바람 속에서 추위에 떨고 있다.
> 상수리나무에서 투두둑 소리 내며 열매가 떨어진다.
> 갈색의 열매는 벌어져 축축하게 웃고 있다.
>
> 가을이 내 생활을 파헤쳤다.
> 바람은 찢긴 이파리를 앗아가고
> 차례로 가지와 가지를 흔든다. 열매는 어디에 있을까?
>
> 나는 사랑의 꽃을 피게 했으나 그 열매는 슬픔이었다.
> 나는 믿음의 꽃을 피게 했으나 그 열매는 미움이었다.
> 시든 나의 가지를 바람이 흔든다.
> 나는 그를 비웃어 준다. 아직도 폭풍이 저항하고 있다.
>
> 나에게 있어 열매란 무엇이며 목적이란 무엇일까?
> 나는 꽃처럼 피어났다.

그리고 꽃피는 것이 목적이었다. 지금은 시들고 있다.
하지만 목적은 순간적인 것, 마음은 그 속에 숨어있다.

신은 나의 속에서 살고, 죽고, 괴로워한다.
이것으로 나의 목적은 충분하다.
길이나, 미로, 꽃이나 열매
모든 것은 다 같은 것, 모두가 다 이름에 지나지 않는다.

아침 바람 속에서 골짜기가 떨고 있다.
상수리나무에서 투두둑 열매가 떨어진다.
떨어진 열매는 딱딱하게 밝게 웃는다. 나도 함께 웃는다.

매우 쌀쌀한 황혼 무렵이었다. 습기가 있어 기분이 언짢고 어둠이 사방에서 몰려들기 시작했다. 약간 비탈진 산길을 내려온 나는 떨며 호숫가에서 발걸음을 멈췄다. 호수 건너편 언덕에는 물안개가 끼고 비는 어느새 그쳐 있었다. 이따금 물방울이 떨어져 바람에 흩뿌려지고 있었다.

호숫가에는 작은 보트 한 척이 모래 위에 반쯤 올려놓아져 있었는데 잘 손질이 되어 예쁜 칠까지 돼 있었고 배 밑

창에 물이 고여 있지도 않았다. 노는 며칠 전에 맞춰 놓은 것인지 새것이었다. 조금 떨어진 곳에 전나무로 깎아 지은 선착장이 세워져 있었는데 문이 열려 있는 채로 안은 텅 비어 있었다. 문기둥에는 주석으로 만든 낡은 나팔이 가는 노끈으로 묶인 채 매달려 있었다.

그것을 쥐고 장난삼아 불어보았다. 끈기 있는 기분 나쁜 소리가 흘러나와 느리게 멀리 사라졌다. 다시 한 번 나는 길고 강하게 불었다. 그런 뒤 보트에 앉아 누가 오기를 기다리고 있었다.

호수는 어둠과 함께 잔잔히 물결치고 있었다. 잔물결이 조금씩 소리를 내며 뱃머리를 때리고 있었다. 좀 추워진 나는 비에 젖은 넓은 망토로 온몸을 잘 감싸고 두 손을 옆에 끼고는 어둠이 내리는 호수 위를 바라보았다.

호수 가운데에는 큰 바위처럼 보이는 작은 섬 하나가 납치럼 검은 빛을 띠고 수면 위에 솟아 있었다. 그게 정말 섬이라면 몇 개의 방을 가진 견고한 탑을 세우고 싶다는 생각이 들었다. 침실과 거실, 식당 그리고 아담한 서재가 있는…

모든 것을 잘 정돈해 놓고, 매일 밤 맨 위층 방에 불을 켜는 일꾼을 한 명 고용해 두면 더 좋을 것이다. 만일 내가 여행을 가게 되면, 언제나 따뜻한 내 삶의 안식처가 나를 기다리고 있다는 것을 머리에 그리게 될 것이다. 그리하여 방황을 계속하는 어느 낯설고 먼 도시에서 나는 젊은 여자들에게 호수 속에 있는 나의 탑에 관한 이야기를 해 줄 것이다.

"거기에 정원도 있나요?"

누군가가 아마 이렇게 물을 것이다.

그러면 나는 이런 대답을 하리라.

"너무 오래 떠나 있어서 잘 모르겠습니다. 우리 함께 가 볼까요?"

그 여자는 조용히 미소 지을 것이며, 그 밝은 눈빛이 갑자기 변할지도 모른다. 그 여자의 눈빛이 푸르다든가 검게 되더라도 내가 탓할 일은 아니다. 또한 여자의 얼굴과 목은 엷은 갈색을 띠고 있고, 입고 있는 옷이 털로 가장자리를 두른 엷고 붉은 빛깔일지도 모른다. 그런데 왜 이렇게 추운 거지? 문득 화가 치밀어 올랐다.

도대체 저 검은 바위섬이 나와 무슨 상관이 있단 말인가. 그것은 우스울 정도로 작고, 새똥보다 더 나을 것이 없는 바위 덩어리에 불과하다. 대체 그 위에 무슨 탑을 세울 수가 있으며 설혹 그럴 수 있다 해도 왜 탑을 세워야만 하는가? 또한 내가 마음속에 그리는 젊고 아름다운 여자가 정말 이 세상 어딘가에 있고, 그런 탑이 있어 여자에게 보여준다 한들 그것 또한 무슨 소용이겠는가.

그 젊은 여자의 머리카락이 금발이든 갈색이든, 그 여자 옷의 가장자리에 흰 털이 달려 있든 작은 끈이 달려 있든 무슨 상관이란 말인가?

불필요한 생각과 평화를 바라는 마음의 혼돈 속에서 나는 털로 가장자리를 두른 옷이며, 탑이며, 섬을 다 버리고 말았다. 마침내 불쾌한 마음은 나의 환상을 부수어 침묵하게 만들었고 진정되기는커녕 더욱 더 희망을 잃게 했다.

"저녁 무렵이라 공기가 찹니다. 떨고 계시군요."

그때 모래 밟는 소리가 들리며 낮은 목소리로 나를 부르는 사람이 있었다. 뱃사공이었다.

"오래 기다리셨습니까?"

그가 물었다. 나는 그를 도와 보트를 물속으로 밀어 넣었다.

"한참 되신 것 같군요. 자, 떠나실까요!"

우리는 한 쌍의 노를 고리에 끼우고 배를 저어 강기슭을 떠났다. 둘 다 침묵 속에서 배의 방향을 잡고 힘껏 노를 저어 앞으로 나갔다. 그러자 온몸이 더워지면서 새로운 힘이 솟아올랐다. 박자를 맞추어 경쾌하게 노를 저어나가자 마음속에서 또 하나의 영혼이 나타나 조금 전의 떨리고 기분 나쁘던 감정을 재빨리 내몰아버렸다.

뱃사공은 흰 턱수염을 기르고 있었으며 키가 크고 여윈 편이었다. 나는 그를 이미 알고 있었다. 몇 년 전에도 몇 번인가 나를 건네준 일이 있었다. 그러나 그는 나를 알아보지 못했다.

우리들은 반시간 가량을 저어갔다. 수면 위에 푸른빛으로 깔려있던 어둠은 이제 캄캄한 밤의 장막을 드리우고 있었다. 내가 노를 저을 때마다 녹슬고 무딘 소리가 삐걱거렸고 배꼬리에서는 약한 물결이 불규칙하게 배 밑을 때리며 찰싹찰싹 소리를 냈다. 얼마 후에 나는 망토를 벗었고, 다음에는 웃옷까지 벗어 옆에 놓았다. 건너편 기슭에 가까워졌을 때에는 온 몸이 땀으로 젖어 있었고 마음은 오히려 진정된 상태였다.

언덕의 불빛이 어두운 수면 위에서 흔들리고 있었다. 댕강 잘린 줄과 같은 무늬를 던지면서 반짝반짝 떨고 있는 그것은 눈부시게 빛나고 있었다.

이윽고 배가 육지에 닿았다. 뱃사공이 닻줄을 던져 말뚝에 비끄러매자 검은 아치형의 문으로부터 세관원이 등불을 들고 나왔다. 나는 뱃사공에게 삯을 건넨 뒤 세관원에게 망토를 보이고 자켓 속에 입은 셔츠의 소매를 바로 잡았다.

그리고 그곳을 떠나려는 순간에야 잊고 있던 뱃사공의 이름을 기억해 냈다.

"안녕히 계시오. 한스 로이트빈."

하고 인사하며 나는 그곳을 떠났다. 그러자 그는 손을 눈에 대고 놀란 표정으로 뭐라고 말하면서 나의 뒷모습을 바라보았다.

나는 석조로 만들어진 높은 아치형의 문을 지나, 오래된 작은 거리로 발걸음을 옮겨놓았다. 이제야 비로소 나의 즐거운 여행이 시작된 것이다.

한때 나는 잠시 이 지방에 머무른 적이 있었다. 즐겁고 때로 괴로웠던 그때의 기억을 나는 잊지 않고 있었으며, 다시 한 번 그러한 경험을 맛보고 싶었다.

밝은 창문을 통해 희미한 빛이 새어나오는 밤거리를 걸어 낡은 집과 계단과 대문 앞을 지나쳤다. 좁은 골목 안에 자리 잡고 있는 마이엔 가의 고풍스런 저택 앞에서 경외심을 일으켜 주는 한 그루의 협죽도 나무에 마음이 매료되었다.

또한 다른 집 앞에 놓여 있는 낡은 벤치와 낯익은 음식점의 작은 간판, 가로등이 빛나고 있는 전주 하나에도 그와 같은 친밀함이 느껴졌다. 잊은 줄로만 알았던 많은 것들이 잊히지 않고 그대로 마음속에 남아 있다는 것은 놀라운 일이다. 십 년 동안 나는 이 옛 거리의 모습을 한 번도 보지 못했었다. 그런데도 갑자기 저 뚜렷한 젊은 날의 모든 일들이 떠오르는 것이었다.

나는 좀 더 걸어서 성 옆을 지나갔다. 검은 탑과 사각의 붉은 창이 희미하게 보이는 성곽이 묵묵히 비가 올 듯한 가을밤을 배경으로 용감하게 우뚝 솟아 있었다.

오래 전 내가 청년이었을 적에, 매일 밤 이곳을 지날 때마다 탑의 맨 꼭대기 방에서 홀로 쓸쓸히 울고 있을 백작의 따님을 생각하고는, 망토와 줄사다리를 가지고 위험한 성벽을 넘어 그녀의 창까지 올라갔던 일이 떠올랐다.

"나의 구세주!"

하고 백작의 딸은 기뻐 놀라며 말을 더듬기까지 했다.

"제가 오히려 당신의 종이지요."

나는 절을 하며 말했다. 그러고 나서 무섭게 흔들리는 사다리로 조심스럽게 백작의 딸을 끌어내렸다. 그 순간 줄이 끊어지고 다리가 부러지면서 나는 도랑 속으로 떨어지고 말았다. 아름다운 백작의 딸이 옆에서 그 화사한 손을 비비며 서 있었다.

"세상에! 어쩌면 좋아요. 제가 뭘 어떻게 도와드려야 하죠?"

"멀리 도망가세요, 고마운 아가씨. 충실한 종이 뒷문 밖에서 기다리고 있을 거예요."

"하지만 당신은 어떡하고요?"

"아무 일 없을 테니 걱정 마세요. 오늘은 제가 아무 것도 해드릴 수 없다는 것이 안타까울 뿐입니다."

나중에 신문을 통해서 안 일이지만, 그 후 이 성에는 불이 났었다. 그러나 지금은 밤이라서 그런지 불난 흔적은 찾아 볼 수 없었고, 모두가 옛날 그대로의 모습을 지니고 있었다. 아주 잠깐 동안 이 그리운 건물의 윤곽을 바라본 후 가장 가까운 사잇길로 접어들었다.

나는 이미 온갖 죽음을 체험했다.

앞으로도 또 갖가지의 죽음을 맞이하리라.

수목 속의 나무 같은 죽음을

산 속의 돌 같은 죽음을

모래 속의 흙 같은 죽음을

살랑이는 여름 풀 속에서 풀잎의 죽음을

그리고 불쌍한 피에 젖은 인간의 죽음을 맞이하리라.

꽃이 되어 다시 태어나리라.

수목이 되어, 풀이 되어

물고기, 사슴, 새, 나비가 되어 태어나리라.

그리고 갖가지 모습으로부터

그리움이

최후의 고뇌로, 인간의 고뇌로

나를 이끌어 갈 것이다.

오, 떨림 속에 당겨진 활이여

그리움의 광폭한 추억이

삶의 양극을

서로 맞서도록 굽히려 한다면

> 앞으로도 끊임없이 당신은
>
> 고뇌에 찬 형성의 길을
>
> 성스러운 형성의 길인 탄생으로
>
> 당신은 죽음으로부터 나를 내몰 것이다.

그곳의 고상한 여인숙 간판에는 옛날과 다름없는 그로테스크한 주석으로 만든 사자상이 걸려 있었다. 나는 여기서 하룻밤을 묵으려고 작정했다.

넓은 현관 안으로 들어서자 자욱한 담배 연기 속에 시끄러운 음악과 떠드는 소리, 여기저기 심부름하는 애들의 발자국 소리, 술 마시는 소리 등이 들려 왔다. 안마당에는 말을 푼 마차들이 나란히 서 있고, 한 마차에는 전나무가지와 조화로 꾸며진 관과 꽃다발이 놓여 있었다.

복도로 들어서자 넓은 방이며 객실, 그리고 결혼식 손님들로 가득 찬 방들이 보였다. 조용히 저녁을 먹고 황혼 속에 홀로 앉아 포도주 한 잔을 마시며 명상과 추억에 잠기는 것은 일찌감치 포기해야 좋을 성싶었다. 일찍 잠들기도 힘들 것 같았다.

넓은 방의 문을 열자, 밖에 있던 조그만 개가 내 다리 사이를 지나 안으로 뛰어들었다. 귀가 뾰족한 검은 개였는데 아주 즐거운 소리를 내며 테이블 밑으로 들어갔다. 그때 주인은 홀의 테이블에 서서 연설을 하고 있던 중이었다.

"친애하는 여러분!"

하고 주인은 얼굴을 붉히며 소리를 높여 부르짖었다. 그러자 테이블 밑에 있던 개가 바람같이 그에게로 뛰어오르며 기쁜 듯이 짖어대는 바람에 그만 주인은 연설을 중단할 수밖에 없었다. 당황한 연설자는 웃으며 개를 끌고 밖으로 나갔다.

그러자 연설을 듣고 있던 모든 친애하는 사람들이 심술궂게 폭소를 터뜨리며 서로 축배를 들었다. 나는 옆으로 비켜서 있다가 개 주인이 제자리로 돌아와 다시 연설을 시작하자 옆방으로 들어가 모자와 망토를 벗고 테이블 끝에 가 앉았다.

저녁 식사는 훌륭한 편이었다. 구운 양고기를 먹으면서 나는 옆방 사람들이 오늘 낮에 있었던 결혼식에 관해 이야기하는 것을 들었다. 신랑 신부는 전혀 모르는 사람이었으나, 손님들은 대부분 낯이 익은 얼굴들이었다. 대부분 술에 취해 등불을 받고 둘러앉아 있는 그들은 몇 년 전까지만 해도 친하게 지내던 사람들이었는데 그 때에 비해서 다소 모습이 변하고 늙어보였다. 그 때 나는 바로 그들 가운데에서 진실한 눈빛을 가진, 약간 여위고 온순하게 생긴 귀여운 옛 소년을 다시 만나게 되었다. 성인이 된 그는 이제 턱수염을 기르고 웃으며 여송연을 피워 물고 있었다. 키스를 하기 위하여 인생을 버리고, 어리석은 일을 하기 위해 세계를 돌보지 않은 옛날의 젊은이들이 지금 부인을 동반하고 와서 토지의 가격이며, 기차 시간표가 달라진 것 등에 관한 자질구레한 세상 이야기에 꽃을 피우고 있었다.

모든 것이 변했으나 이 객실 그리고 이곳의 질 좋은 백포도주만은 조금도 변함이 없다는 것이 다행이었다. 백포도주는 옛날과 같이 강한 향기를 뽐내며 경쾌하게 흘러 유리잔 속에서 누르스름한 빛을 발하고 있었다. 그러자 수많은 술집의 밤과 그곳에서 일어난 지난날의 일들이 머리에 떠올랐다. 그러나 아무도 나를 알아보는 사람은 없었다. 나는 이 혼란스럽고도 내밀한 곳에 앉아 우연히 들어오게 된 낯선 사람으로서 그들의 이야기 속으로 끼어들게 되었다.

한밤중이 되자 갈증으로 물을 한두 잔 마신 뒤에 사소한 일로 언쟁이 시작되었다. 차츰 언성이 높아지고 거나하게 취한 몇 사람이 무리지어 소리를 지르면서 나에게 욕설을 퍼붓기 시작했다. 나는 그만 자리에서 일어났다.

"그만둡시다, 여러분. 싸우기 싫군요. 아무 일도 아닌 것을 가지고 그렇게 화를 낼 필요가 있겠습니까. 아마 간장병이라도 앓으신 모양이군요."

"당신이 뭘 안다고 그런 소리를 해?"

그는 거칠게 소리를 질렀으나 당황하고 있었다.

"나는 당신을 잘 압니다. 의사이니까요. 올해 마흔 다섯 살 되셨지요. 안 그렇습니까?"

"맞소."

"그리고 한 십 년 동안 폐결핵에 걸렸던 일이 있지요?"

"그렇긴 한데, 대체 어떻게 그리 잘 아는 거요?"

"의사 노릇을 오래 하다 보면 그런 걸 다 알게 마련입니다. 그럼 여러분 모두 안녕히 주무십시오."

그러자 그들은 모두 정중하게 인사를 하고, 폐환자는 절까지 하는 것이었다. 나는 그의 이름은 물론 그의 아내의 이름까지도 말하라고 하면 할 수 있었다. 그만큼 그를 잘 알고 있었고, 어느 날인가는 일을 마친 뒤에 그와 이야기를 나눈 적도 많았던 것이다.

침실에서 달아오른 얼굴을 씻고, 창문 너머로 어둡게 흔들리는 호수를 바라보다가 자리에 누웠다. 얼마동안은 그대로 연회의 소음이 들려왔으나 갑자기 피로가 몰려오면서 깊은 잠 속으로 빠져들었다.

다음날 아침, 이른 시간을 좀 넘겨 나는 다시금 여행을 떠났다. 밤사이에 변한 하늘에는 조각구름이 여기저기 흩어져서 잿빛과 보랏빛을 띠며 날아가고, 세찬 바람이 나를 맞아 주었다.

이윽고 언덕 위에 올라서니 조용한 거리며 성곽, 고풍스런 엄숙한 교회, 작은 나룻터 등이 자그마하게 그리고 장난감처럼 호숫가를 따라 놓여 있는 것이 내려다보였다. 지난날 이곳에서 잠시 머물고 있었을 때의 에피소드가 생각나면서 그만 웃음이 나왔다. 목적지에 차츰 다가갈수록 마음속에 품고 있던 것을 더욱 묻어두고 싶었으나 가슴이 점점 괴로워지고 불안해져서 더 이상 견딜 수가 없었다.

차갑게 휘몰아치는 바람 속을 걸어가다 보면 때로 기분이 밝아진다. 사나운 바람에 귀를 기울이면서 어느새 환희에 가득 찬 마음으로 산등을 타고 앞으로 더 걸어가니 시야가 트이면서 드넓은 풍경이 나타났다. 어느새 동북쪽으로 하늘이 밝아오고 있었고 한눈에 푸른 산들이 곡선을 그리며 정연하게 뻗어 있었다.

높이 올라갈수록 바람이 세차게 불었다. 바람은 신음하는 듯, 웃는 듯, 가을답게 미쳐 날뛰면서 이 세상에 마지막 열정을 쏟는 것처럼 보였다. 거기에 비하면 우리들 인간의 정열이란 어린애들이 장난감을 갖고 싶어 하는 것처럼 보잘 것 없게 여겨졌다.

바람은 마치 옛 신들의 이름을 귀에 대고 외치는 것 같았다. 그리고 흩어진 구름조각을 하늘에 가득 모아 긴 구름 모양으로 바꿨다. 그 긴 구름의 가장자리에는 뭔가에 억지로 눌린 것과 같은 자국이 나 있었고, 산들도 그 밑에서는 허리를 굽히고 있는 것처럼 보였다.

바람이 포효하는 소리를 들으며 넓은 산과 들판을 바라보자 나의 가벼운 낭패와 불안감은 곧 사라져버렸다. 지나간 청춘의 시간들을 다시 만날 수 있다 하더라도 지금 걸어가고 있는 이 길과 날씨가 지닌 생명력에 비하면 그리 흥분이 된다거나 중대하고 압도적인 것이 되지는 않을 것 같았다.

정오가 가까워질 무렵, 나는 산 맨 꼭대기에서 걸음을 멈추고 잠시 쉬었다. 나의 눈은 무엇을 찾으려는 듯이 사방을 두리번거리며 멀리까지 펼쳐져 있는 평지 끝 쪽을 아득히 바라보았다. 거기에는 푸른 산들이 있고, 더 멀리에는 푸른 숲과 암갈색의 돌산이 솟아 있고 겹겹이 쌓인 언덕이 이어지고, 그 뒤로 험준한 산이 울쑥불쑥 바위와 흰 눈에 빛나는 봉우리들과 전설처럼 잇대어 있었다. 발아래에는 바다와 같이 푸르고 큰 호수 전체에 흰 물결이 머리를 들고, 그 위를 두 척의 빠른 범선이 미끄러지듯이 달리고 있었다.

> 세상이 너에게서 멀어져간다.
> 지난날, 네가 사랑하던
> 황홀한 기쁨은 모두 타버리고
> 그 잿빛 속에서 절망이 위협한다.
> 보다 큰 힘에 밀려
> 어쩔 수 없이 너는
> 내부의 심연으로 깊숙이 가라앉아
> 추위에 떨며 죽음 앞에 선다.
> 바로, 네 뒤에서 잃어버린 고향의 모습이

> 아이들의 노래와 사랑의 노래가
>
> 흐느끼듯 들려온다.
>
> 고독에 이르는 길은 너무 멀다.
>
> 네가 알고 있는 것보다 더
>
> 꿈의 샘도 말라 있다.
>
> 그러나 너는 믿게 될 것이다.
>
> 네 길의 끝엔 분명 고향이 있고
>
> 죽음과 재생이, 그리고 무덤과
>
> 영원한 어머니가 있을 것이다.

누런빛을 띤 언덕과 수확이 끝난 포도밭과 어두운 숲, 그 사이로 하얗게 뻗은 길 속에 파묻혀 있는 농가들, 밝거나 혹은 어두운 탑이 서 있는 작은 거리들이 선명하게 바라보였다. 이 모든 것 위에 떠 있는 갈색 구름 사이로 청록과 연한 흰 빛의 깊고 맑은 하늘이 보인다. 겹겹이 쌓인 구름층을 뚫고 부챗살 모양으로 햇빛이 비치고 있어 모든 것이 살아 움직이는 듯하고 산맥까지도 흐르는 물결처럼 보였다.

거센 바람과 달리는 구름처럼 나의 감정과 욕망도 맹렬

히 솟구쳐 열에 들뜬 듯이 멀리 날아가 눈 덮인 봉우리들을 끌어안기도 하고, 푸른 호숫가에서 쉬기도 했다. 그리움과 유혹받기 쉬운 방랑의 감정이 구름의 그림자같이 점점 나의 마음을 스치고 지나갔다.

지난 날 소홀히 한 것들에 대한 슬픈 느낌과 짧은 인생, 차고 넘치는 세계 그리고 고향을 잃은 서러움과 다시 고향을 찾는 그리운 감정이 시간과 공간을 초월해서 흘러가는 것만 같았다.

이윽고 세찬 바람도, 거세기만 했던 물결도 차츰 조용해지면서 평온해지자, 나의 마음도 진정되어 창공에 높이 뜬 새처럼 고요해졌다.

나는 미소를 머금고 새로 태어난 사람마냥 따뜻한 마음이 되어 근처의 낯익은 굽은 도로와 둥근 숲과 교회의 탑을 다시 편안한 시선으로 바라보았다. 내 아름다운 청춘의 꿈 또한 예전처럼 그리운 눈빛으로 나를 바라보고 있었다. 마치 군인이 지도 위에서 이전에 행군했던 길을 찾아 따라가며 감격과 안도감으로 달아오르듯이, 나는 물들어가는 가을 풍경 속에서 여러 가지 놀랍도록 어리석었던 일들과 벌써 옛이야기가 되어버린 연애 사건을 기억해 냈다.

넓은 바위가 바람을 막아주고 있는 한적한 모퉁이에서 나는 점심을 먹었다. 검은 빵, 소시지, 치즈–찬바람을 헤치고 몇 시간이나 산길을 걸어온 뒤라 샌드위치를 한 입 베어 문 순간–그것은 나의 즐거움이었다. 어린 아이처럼 순진한 기쁨 속에서 배불리 먹고 휴식을 취하고, 그리고 미련 없이 떠날 수 있다는 것은 나그네가 누릴 수 있는 가장 아름다운 즐거움인 것이다.

아마 내일은 너도밤나무 숲 속의 그 장소를 지나가게 될 것이다. 그곳에서 나는 율리에로부터 최초의 키스를 받았었다. 그녀가 회원으로 있는 콘크르디아 시민 클럽에서 야유회를 갔을 때의 일이었다. 그 야유회가 있던 다음 날 나는 클럽에서 탈퇴하고 말았다.

그리고 예정대로 간다면 아마 모레쯤엔 그녀를 만나게 될는지도 모른다. 그녀는 헤르쉘이라는 부유한 상인과 결혼하여 아이 셋을 두었다는 말을 들었다. 그중의 한 아이는 그녀를 꼭 닮았고, 이름까지 율리에라고 부른다는 것이었다. 그 이상은 아무것도 알 수 없었지만 그것만으로 충분했다.

그러나 내가 여행을 떠난 지 일 년이 지난 후에 그녀에게 어떤 편지를 써 보냈던 것일까?

나는 앞으로 지위를 얻거나 돈을 벌 희망이 없으니 더 이상 기다리지 말아 달라고 썼던 것을 지금도 분명히 기억하고 있다. 그녀는 서로의 마음을 쓸데없이 아프게 하지 말자고, 내가 돌아온다면 언제까지나 기다리고 있겠다는 내용의 답장을 보내 왔었다.

그러나 반 년 후에 다시 그녀는 헤르쉘을 위하여 자유롭게 해달라는 편지를 보냈다. 나는 번민과 분노에 차서 처음에는 글도 보내지 않았으나 결국 남은 돈을 털어서 네다섯 통의 사무적인 내용의 전보를 쳤다. 전보는 바다를 건너갔고 그것은 다시 돌이킬 수 없는 결과를 가져다주었다.

인생은 이렇게도 어리석게 지나가는 것일까. 그것은 우연인지, 운명의 조롱인지, 혹은 절망에서 솟아나는 용기 때문이었는지도 모른다. 사랑과 행복이 부서지는 순간부터 마치 마술에 걸린 듯이 성공과 복권과 돈이 마구 굴러들어왔다. 기대도 하지 않았던 것이, 장난으로 벌인 일들이 성공을 가져다주었다. 그러나 그것은 이미 아무런 가치도 없었다.

운명이란 한 때의 기분이며 감동에 불과한 거라고 생각

하면서 나는 밤낮을 가리지 않고 이틀 동안에 친구와 같이 주머니에 가득 들었던 지폐를 모두 술로 낭비해 버리고 말았다. 그러나 나는 이런 일로 번민하거나 오랫동안 생각하지도 않았다.

> 떨어지는 나뭇잎과 거센 바람이
> 걸어가는 나를 향하여 흩어져 온다.
> 그러나 나는 모른다. 가엾은 아가야.
> 오늘은 어디서 여장을 풀까.
>
> 언젠가는 너도 바람 속을, 지친 나머지
> 근심에 싸여 뛰어다닐 것이다.
> 그러나 나는 모른다. 가엾은 아가야.
> 그때도 내가 아직 살아 있을지.

이윽고 식사가 끝나자 점심을 쌌던 빈 종이를 바람에 날려버리고 망토를 뒤집어쓴 뒤 편한 자세로 쉬었다. 나는 지난날의 연애를 생각하고 율리에의 모습, 고상한 눈썹과 검고 큰 눈을 가진 갸름한 얼굴을 회상하였다.

야유회가 있던 한적한 숲 속에서 그녀는 잠시 주저하는 듯하다가 나에게 몸을 맡겼고, 나의 키스에 몸을 부르르 떨었었다. 나는 다시 한 번 깊고 힘찬 키스를 해주었다. 그러자 그녀는 눈가에 눈물을 반짝이며 꿈속에서 깨어난 것처럼 아주 고요하게 미소 지었다.

지나간 일들이여! 그러나 그 중에서도 가장 아름다운 것은 그녀와의 키스도, 저녁의 산책도, 그리고 사람의 눈을 속인 사랑도 아니었다. 그것은 사랑으로부터 내 마음에 흘러들어 온 힘이었다. 사랑을 위해 살고 싸우며 어떤 고통이라도 인내하게 만드는 초월된 힘이었다. 그 한순간을 위하여 자기 몸을 내던질 수 있고, 그녀의 미소를 위해 몇 년이라도 희생할 수 있다는 것, 그것이 행복이었다. 나는 아직 그 행복을 잃지 않고 마음속 깊이 간직하고 있었다.

다시 일어선 나는 휘파람을 불며 걷기 시작했다.

길은 산등성이로부터 저쪽 아래로 내리막길이었기 때문에 잠시 호수의 모습이 보이지 않게 되었다. 바로 머리 위에 있던 해는 흐릿한 황색의 구름떼와 싸우며 천천히 사라지고 있었다. 나는 잠시 걸음을 멈추고 이상한 형태를 짓고 있는 하늘의 모양을 바라보았다.

황금빛 햇살이 군데군데 널려 있는 무거운 구름의 가장자리로부터 터져 나오고 있었다. 그러더니 한순간에 하늘 전체가 누렇고 붉은 불빛을 발하기 시작했다. 번쩍번쩍 빛나는 진홍의 광선이 공간을 달리고, 동시에 모든 산들이 검푸른 빛으로 변하면서 호수 기슭에서 붉게 마른 갈대가 등불같이 타고 있었다. 잠시 후에 황금빛은 사라지고, 붉은 빛이 부드럽고 따스한 기운을 띠며 꿈같이 떠 있는 구름의 가장자리를 엷게 물들이자 마치 낙원을 보는 것 같았다. 무수한 가는 혈관 같은 빛이 생기 잃은 잿빛의 구름 속을 화려하게 달리고 있었다. 그 잿빛 구름이 장미 빛과 섞이어 말할 수 없이 아름다운 연보라 빛으로 변하기 시작했다. 그리하여 호수는 진한 푸른색에서 점점 검푸른 빛으로 출렁거렸고 기슭 가까이에 있는 물만이 예리한 경계선을 그으며 밝고 푸른빛을 띠고 있었다.

광대한 지평선 주위에는 아직 스러지지 않은 노을이 그덧없음과 슬픔으로 사람의 마음을 끌었다. 이윽고 가슴 답답하도록 아름다운 빛깔의 경련이 사라졌을 때 나는 산기슭의 평지를 따라 걸으며, 이미 저녁이 된 산뜻한 산골짜기의 풍경을 놀라운 마음으로 바라보았다. 문득 발에 밟히는

게 있어서 보니 큰 호두나무 밑에 떨어져 나뒹굴고 있는 호두 한 알이었다. 껍질을 벗겨 깨뜨린 뒤 신선한 갈색의 촉촉한 알맹이를 꺼내어 깨물었다. 호두의 향기가 느껴지며 호두 맛이 입 안에 퍼지자 갑자기 어떤 생각이 떠올랐다. 이런 순간은 마치 거울 조각으로 햇빛을 반사시켜 어두운 장소를 비추어 보는 것과 비슷하다. 까맣게 잊고 있던 과거의 한 조각이 종종 어떤 사소한 일을 계기로 현재의 시간 속에 불쑥 떠올라 우리를 놀라게 만드는 것이다.

어쩌면 그 순간은 아마도 십 년 혹은, 조금 더 오래 전의 일인지도 모른다. 고향을 떠나 객지에서 고등학교에 다니고 있었는데, 어느 가을 날 어머니가 갑자기 찾아왔다. 그때 나는 고등학생이라는 철부지 자존심이 강했던 탓에 무척이나 냉정하고 거만한 태도를 취하면서 여러 가지 쓸데없는 일로 어머니를 괴롭혔었다.

어머니는 나를 찾아 온 바로 다음날 집으로 돌아가기로 돼 있었다. 학교에 찾아온 어머니는 오전 수업이 끝나기를 기다리고 있었다. 친구들과 떠들면서 교실에서 나오는데 어머니가 정숙한 자태로 미소 지으며 밖에 서 있는 게 보였다. 그 아름답고 온화한 눈은 벌써 멀리서부터 나를 발견하고는 웃음을 띠고 있었다.

그러나 나는 친구들을 의식하며 천천히 어머니에게로 가서 간단히 머리를 끄덕였다. 이런 나의 행동은 아들에게 키스로 인사하고 축복을 하려던 어머니의 마음을 단념하게 만들었을 것이다. 무척 섭섭해 보였지만 그녀는 조금도 내색하지 않고 여전히 미소 지으면서 재빨리 길 건너편의 과일가게에서 호두를 한 봉지 사서 나에게 건넸다. 그리고는 곧바로 기차를 타기 위해 떠나갔다.

나는 유행에 뒤떨어진 작은 가죽가방을 들고 거리 모퉁이로 사라지는 어머니의 뒷모습을 어두운 마음으로 바라보았다. 어머니의 모습이 눈에서 채 사라지기도 전에 이미 나의 마음은 그 어리석은 행동을 눈물겹도록 뉘우치면서 후회로 가득 차 있었다. 그 때 반 친구가 지나갔는데, 그는 외모에 신경을 많이 쓰는 것으로 나의 강력한 경쟁자였다.

"어머니가 주신 사탕이냐?"

그가 조롱하듯이 웃으며 말했다.

나는 다시 거만한 태도를 취하며 그에게 호두 봉지를 내밀었다. 그러나 그는 경멸하듯 나를 바라보면서 그냥 지나쳤다. 나는 인자한 어머니가 사준 호도를 한 개도 먹지 않고 그대로 모두 하급생들에게 나눠 주고 말았다.

이런 회상을 하자 그만 얼굴이 붉어지면서 분노가 치밀어 올라왔다. 나는 호두를 깨물어 땅을 덮고 있는 검은 잎들 속으로 뱉어 버렸다. 그리고 다시 녹색과 금빛으로 저물어가는 저녁 하늘을 바라보며 기분 좋은 길을 따라 골짜기 쪽을 향하여 걸어갔다. 얼마 안 되어 단풍이 든 떡갈나무와 숲이 우거진 길을 지나 어린 전나무가 나란히 서 있는 희미한 푸른빛 속을 걸었다. 잠시 후에는 정정한 너도밤나무 숲의 깊은 그림자 속으로 걸어 들어갔다.

> 검은 수목들의 쌓인 그림자, 꿈을 식히는
> 어둠 속을 그는 즐겨 걸었다.
>
> 그러나 그의 가슴 속, 빛에서 빛으로
> 타오르는 욕망에 갇혀 괴로움 속에 있었다.
>
> 은빛 밝은 별이 가득 찬 머리 위에
> 활짝 갠 하늘이 있음을 모르고.

조심스레 길을 걷다 보니 두 시간쯤 지나 저녁이 찾아왔다. 날이 침침해지면서 빽빽하고 좁은 숲에서 그만 길을 잃고 말았다. 점점 주위가 어둡고 추워졌기 때문에 성급하게 길을 찾아 헤매기 시작했다. 활엽수들이 바다처럼 펼쳐져 있어서 숲을 헤치고 곧장 빠져나갈 수가 없었다. 숲은 너무 우거져 길이 보이지 않았고 땅은 여기저기 낙엽이 쌓여 썩어서 발이 빠졌다. 그러는 동안에도 주위는 점점 더 어두워지고 있었다.

어둠 속 산중에서 길을 잃고 이상한 흥분에 휩싸인 채로 나는 오랜 걸음으로 피곤하면서도 계속 숲을 헤쳐 나갔다. 이따금 멈춰 서서 소리를 지르고 귀를 기울여 보았다. 그러나 적막하고 차가운 숲속의 공기 속에, 짙은 어둠만이 마치 두꺼운 빌로드 휘장처럼 사방을 두르고 있을 뿐이었다. 참으로 어리석고 쓸데없는 일이지만 타향이 되어버린 곳에서 살고 있는, 이제는 거의 잊어버린 애인을 다시 만나려고 밤의 추위 속에서 숲길을 걸어간다는 것이 이상하게도 내 마음을 즐겁게 만들고 있었다. 나는 내가 지은 지난날의 사랑 노래를 낮은 목소리로 불렀다.

> 이제 나의 눈동자는 놀라 내리떠야만 했다.
>
> 나의 마음은 알 수 없는 기적을 바라며
>
> 모든 문을 닫았다.
>
> 그래도 그대는 아름다워라

이 어리석은 시를 읊으며 오랫동안 나는 소년 시절의 빛바랜 추억의 그림자를 찾아 여러 지방을 방황하며 오랜 투쟁 속에서 몸과 마음에 상처를 받아 왔다.

그러나 때로는 그것이 나를 기쁘게 하기도 했다. 한없이 뻗어간 길을 힘겹게 따라가는 동안 다시금 나는 노래를 부르고 시를 지으며 몽상하다가 결국 피곤에 지쳤다. 그래서 손을 저어 너도밤나무 밑동을 어루만지면서 묵묵히 걸었다. 칡넝쿨이 나무에 엉켜 있었지만 가지와 나무 끝은 어둠에 싸여 분별할 수 없이 떠 있었다. 이렇게 반시간 동안을 더 걷고 나자 나는 기진맥진해지기 시작하였다. 그 순간 잊을 수 없는 귀중한 체험이 나에게 다가왔다.

미처 예상도 못했는데 숲이 끝나 있었던 것이다. 어느새 나는 험한 절벽 위에 있는 마지막 나무 밑동 사이에 서 있었다. 아래를 내려다보니 드넓은 숲의 골짜기가 밤의 푸른

빛 속에 잠들어 있다. 그 한복판 바로 내 발밑에 작은 창문으로 빨갛게 불빛이 새어나오는 예닐곱 채의 집이 있는 마을이 고요히 저물고 있었다.

> 언제나 같은 꿈이다
> 빨간 꽃이 피어 있는 마로니에
> 여름 꽃이 만발한 뜰
> 그 앞에 외로이 서 있는 옛집
>
> 저 고요한 뜰에서
> 어머니가 어린 나를 잠재워 주셨다.
> 아마도—이제는 오랜 옛날에
> 집도 뜰도 나무도 없어졌을 것이다.
>
> 지금은, 그 위로 초원의 길이 지나고
> 쟁기와 가래가 지나갈 것이다.
> 고향의 뜰과 집과 나무들은 이제 꿈속에나 남으리.

넓고 희미하게 비치는 엷은 판자지붕 이외에 분간할 수

없는 낮은 집들은 서로 이웃하여 붙어 있었다. 그 집들 사이로 그늘진 길이 좁고 어둡게 뻗어 있고, 그 끝에 큰 분수가 있었다. 조금 위쪽으로 나와 마주 선 산허리에 있는 많은 묘지들의 비석 한가운데 교회가 홀로 서 있었다. 바로 그 주변의 산 쪽에서 급경사진 언덕길을 한 남자가 등불을 들고 급히 걸어 내려오고 있었고, 마을 아래 어떤 집에서는 몇 명의 소녀가 함께 어울려 명랑한 소리로 노래를 부르고 있었다.

나는 지금 내가 어디에 있으며, 이 마을을 뭐라고 부르는지 알 수가 없었다. 또한 그 이름을 물어보고 싶은 마음도 없었다.

지금까지 내가 걸어온 길은 숲 언저리를 지나 산 쪽으로 이어져 있었다. 그래서 나는 길도 없는 급경사진 목장을 지나 조심조심 마을을 향해 아래로 걸어 내려갔다. 어느 정원 안으로 들어서면서 나는 좁은 돌층계에 걸려 그만 넘어졌다. 결국 생나무 울타리를 기어오르고 얕은 개울을 건너뛰어야만 했다. 그런 뒤 마을로 들어가 첫 농가 옆을 지나 조용한 길로 들어섰다. 얼마 지나지 않아 '황소집'이라는 간판이 걸려 있는 여인숙이 나타났다. 아직 문이 열린 채로 손님을 기다리고 있었다.

아래층은 조용하고 어두웠다. 가운데가 불룩한 난간으로 된 고풍스럽고 사치스런 계단이 등불을 받으며 현관으로부터 위층의 복도와 객실로 통하고 있었다. 객실로 들어서니 등불에 비친 난로 옆의 테이블이 마치 빛 속에 떠 있는 섬처럼 약간 어둡고 큰 방안에 놓여 있었다. 그 앞에 농부 세 사람이 포도주 잔을 놓고 앉아 있었다.

난로는 뜨겁게 달아 있었다. 암록 색의 벽돌로 된 정사각형 모양의 난로였는데 등불 빛과 따뜻하게 어울렸다. 그 밑에는 검은 개가 누워 졸고 있었다.

여인숙 여주인은 내가 들어서자 인사를 건넸다.

"어서 오세요."

한 농부가 나를 주의 깊게 살펴보고 있었다.

"저 사람 누구요?"

하고 그는 궁금하다는 듯이 물었다.

"모르는 사람인데요."

하고 여주인이 말했다.

나는 테이블 앞에 앉아 인사를 하고 포도주를 주문했다. 포도주는 금년에 짠 것밖에 없었는데, 강하게 발효시킨 것으로 붉은 빛의 새 술이었다. 나는 그것을 한 잔 단숨에 마시고 몸을 녹였다. 그러고 나서 방이 있느냐고 물었다.

"이를 어째요, 사정이 있는데……"

하고 여주인은 어깨를 들썩였다.

"방이 있기는 한데 손님 한 분이 먼저 들어서 벌써 주무시고 계세요. 그래도 그 방에 빈 침대가 하나 더 있으니까 직접 가서 의논해 보시면 어떨까요?"

"그건 싫은데요. 다른 방은 없을까요?"

"방은 있는데 침대가 없어요."

"그럼, 난로 옆에서 자면 어떻겠습니까?"

"그야 손님만 좋으시다면……. 그럼 덮을 것을 갖다 드릴게요. 난로에 장작을 몇 개 더 넣어 두면 춥지 않을 거예요."

나는 달걀을 삶아 달라고 하고 곁들여 소시지를 주문했다. 식사를 하면서, 나의 여행 목적지까지 얼마나 더 가야 되는지를 물어보았다.

"여기서 일겐베르그까지는 얼마나 걸리죠?"

"다섯 시간 정도면 도착할 거예요. 위층에 있는 손님도 내일 그곳으로 간다던데. 거기서 오신 분이거든요."

"아, 그래요? 그 사람은 여기서 무슨 일을 했는데요?"

"목재를 사러 왔어요. 매년 오시는 손님이에요."

세 농부는 우리의 대화에 끼어들지 않았다. 그들은 일겐베르그의 상인이거나 목재의 주인 혹은 중개인이거나 목재를 운반하는 사람들 같았다.

그들은 분명히 나를 상인이나 관리로 생각하고 꺼려하는 눈치였다. 나는 그들이 생각하는 대로 내버려두었다.

식사를 끝내고 의자에 앉자마자 다시금 산기슭에서 들었던 처녀들의 노랫소리가 아주 가까이에서 들려 왔다. 그녀들은 '정원사의 아름다운 아내'란 노래를 부르고 있었다. 삼절까지 불렀을 때 나는 일어나서 소리가 나는 쪽을 향해 부엌문을 가만히 열어보았다.

두 젊은 여자와 할머니가 흰 전나무 테이블 위의 촛불 밑에 앉아서 콩을 까며 노래를 부르고 있었다. 그때 할머니가 어떤 모양을 하고 있었는지 지금은 기억이 나지 않는다. 하지만 젊은 여자 중의 하나는 붉은 빛을 띤 금발에 몸맵시가 좋고 혈색도 빛나 보였다. 다른 여자는 착실한 얼굴에 아름다운 갈색 머리를 하고 있었는데 머리를 틀어 올려 더욱 앳되게 보였다. 명랑한 목소리로 정신없이 노래를 부르는 그녀의 눈에 촛불이 비치고 있었다.

내가 문밖에 서 있는 것을 발견하자 할머니는 얼굴에 웃음을 띠었지만 붉은 빛을 띤 금발의 여인은 얼굴을 찌푸렸다. 갈색머리를 틀어 올린 여자는 잠시 동안 내 얼굴을 바라보더니 머리를 숙이고 약간 얼굴을 붉히면서 더 큰 소리로 노래를 불렀다. 그래서 나도 될 수 있는 대로 목청을 가다듬어 그들을 따라 함께 불렀다. 다음에 나는 포도주를 그쪽으로 갖고 가서 삼각의자를 끌어다 놓고 노래하면서 테이블 옆에 앉았다. 붉은 빛을 띤 금발 여인이 콩을 한 줌 밀어주는 바람에 나도 껍질 벗기는 일을 도왔다.

여럿이 함께 노래를 부르고 나자, 우리는 서로를 바라보면서 웃지 않을 수 없었다. 갈색머리의 여자에게는 틀어 올린 머리 모양이 아주 잘 어울렸다. 그녀에게 포도주를 한 잔 건넸지만 그녀는 받지 않았다.

"당신은 냉정하시군요."

나는 얼굴을 흐리며 말했다.

"슈트가르트에서 오셨지요?"

"아닙니다. 왜 거기서 왔다고 생각하십니까?"

> 슈트가르트는 아름다운 거리,
>
> 슈트가르트는 골짜기에 있고
>
> 그곳의 여자들은 아주 미인이지만
>
> 그만큼 인정이 없다네.

"저 사람은 슈바벤에서 온 사람이야."

할머니는 금발 여인을 보며 말했다.

"맞습니다. 슈바벤 사람입니다."

나는 맞다고 대답했다.

"그리고 당신은 양베 나무가 많이 있는 산촌 사람인 것 같은데요."

"그럴는지도 모르죠."

그녀는 그렇게 말하며 살며시 웃었다.

그러면서도 나는 자꾸 갈색머리의 여자를 바라보고 콩으로 'M'자를 만들어 보이면서, 그녀의 이름이 그렇지 않느냐고 눈빛으로 물었다. 그러자 그녀는 머리를 저었다. 그래서 이번에는 'A'자를 만들었다. 그러자 그녀가 고개를 끄덕였으므로, 나는 이름을 맞추기 시작했다.

"아그네스?"

"아니에요."

"안나?"

"아뇨."

"아델하이트?"

"그것도 아닙니다."

그리하여 내가 맞추어 본 이름은 모두 틀렸다. 그러나 덕분에 그녀는 아주 기뻐하면서 소리쳤다.

"어머, 당신은 바보예요!"

그럼 뭐라고 하는지 이름을 알려 달라고 자꾸 졸랐더니 약간 부끄러워하다가 재빨리 낮은 목소리로 이렇게 말했다.

"아가테예요."

비밀이라도 밝힌 듯 그녀는 얼굴을 붉혔다.

"당신도 목재상을 하시나요?"

금발 여인이 물었다.

"아닌데요. 제가 그렇게 보입니까?"

"그럼 측량 기사가 아니신가요?"

"아닙니다. 하필이면 왜 측량 기사로 보셨을까요?"

"왜냐고요? 글쎄, 왜 그렇게 봤는지 모르겠네요."

"당신 애인의 직업이 그런가 보죠. 안 그래요?"

"뭐, 그렇다고 해도 상관없어요."

"우리 끝으로 한 곡만 더 불러요."

아름다운 갈색머리의 여인이 말하였다. 그리하여 우리들은 마지막 콩 껍질을 벗기며 '나는 어두운 밤중에 홀로 서서'라는 노래를 불렀다. 노래를 다 끝내자 처녀들은 자리에서 일어났다.

"잘 자요, 아가테."

객실에서는 방금 무례한 손님 셋이 막 나가려고 하는 참이었다. 그들은 나를 거들떠보지도 않고 남은 술을 천천히 다 마신 후에 한 푼도 지불하지 않았다. 일겐베르그 상인의 손님인 것이 분명했다.

"안녕히 주무십시오."

그들이 일어서자 내가 인사를 했다. 하지만 그들은 아무 대답도 없이 문을 꽝 소리가 나게 닫고는 밖으로 나갔다. 그때 여주인이 담요와 베개를 가져왔다. 우리는 난로 옆에 놓인 벤치와 삼각의자로 조그마한 간이침대를 만들었다. 여주인은 친절하게도 숙박비는 필요 없다고 위로하듯 말했다. 그것은 나에게 좋은 인상을 주었다.

옷을 일부만 벗고 망토를 뒤집어쓰고 기분 좋게 더운 난로 곁에 누워서 갈색머리의 아가테를 떠올려보았다. 어렸을 때 어머니와 함께 부르던 경건한 옛 노래의 한 구절이 생각났다.

> 꽃은 아름다워라
> 그러나 더 아름다운 것은
> 젊음을 가진 사람이어라

아가테는 그와 같은 여자였다. 꽃과 비슷하면서도 그보다 더욱 아름다웠다. 어느 나라든 가는 곳마다 미인은 있게 마련이지만 많지는 않을 것이다. 나는 이러한 여자를 볼 때마다 즐거웠다. 그녀들은 큰 어린애와 같았고 수줍어하면서도 친밀감을 느끼게 했으며 맑은 눈에는 아름다운 동물이나 숲속의 새과 같은 빛이 어려 있었다. 그녀들을 바라보면 욕망이 일어난다기보다 다만 즐거울 뿐이었다. 그러다 문득 인생의 꽃과 같은 그네들의 젊음과 아름다움도 언젠간 늙어 사라질 것을 생각하면 슬퍼지고 만다.

곧 나는 잠 속에 빠졌다. 벽난로가 더운 탓이었는지, 남국의 어느 바닷가 섬에 있는 바위에 누워 뜨거운 태양에 등을 태우며, 갈색 머리 소녀가 혼자가 배를 저어 멀리 바다 한가운데로 점점 사라져 작아지는 모습을 보고 있는 꿈을 꾸었다.

아침에 나는 일찍 잠에서 깨어났다. 곧 다시 여행을 떠날 생각이었기 때문이다. 날씨는 차고 안개가 짙어서 길이 잘 보이지 않았다. 떨면서 커피를 마시고, 식비와 숙박료를 지불한 뒤 아직 컴컴하고 조용한 아침의 거리로 천천히 나섰다.

얼마쯤 걷자 몸이 좀 더워지기 시작했다. 때로 안개는 가까이에 있는 어떤 물체를, 그 주변과 따로 떼어서 고립되어 보이게 할 때가 있는데 그 정경은 이상하게도 마음을 사로잡는 데가 있었다. 가령 누가 내 옆을 지나간다. 소나 양을 몰고 가기도 하고 수레를 밀거나 짐을 운반하기도 한다. 그 뒤를 개가 꼬리를 저으며 따라간다.

누군가 다가오는 것을 보고 인사를 하면 그도 따라서 인사를 한다. 그러나 그가 지나가자마자 뒤를 돌아보면, 그는 벌써 몽롱하게 흔적도 없이 잿빛 안개 속으로 사라지는 것을 보게 된다. 집이나 정원의 생나무 울타리, 포도원 울타리 모두가 그렇다.

우리는 주위의 모습을 속속들이 잘 알고 있는 것처럼 생각한다. 그러나 사실은 저 담이 큰길에서 얼마나 떨어져 있고, 이 나무가 얼마나 크며, 저 집이 얼마나 낮다는 것을 나중에서야 알고 놀라게 된다. 붙어 있는 것처럼 보이던 집들이 서로 멀리 떨어져 있어 한 집 문 앞에서 다른 집의 문이 보이지 않을 때도 있다.

또한 볼 수도 없던 사람과 짐승들이 바로 옆에서 걸어가고, 일을 하거나 잡담을 하느라 떠들고 있는 소리를 듣게 된다. 모두가 동화의 세계 같고 이국적이며 매혹적인 무엇인가를 지니고 있다. 문득 그 가운데 상징적인 어떤 것이 무섭도록 분명하게 느껴진다. 근본적으로 하나의 사물은 다른 사물과, 한 사람은 다른 사람과 완연히 다른 것이 아니던가. 우리가 누군가와 함께 길을 걷는다고 생각할 때조차 실은 몇 걸음 정도, 아주 짧은 동안만 서로 교차되고 있을 뿐이다. 또한 우리가 느끼는 공통점이라든가 근접성, 우정 같은 것들도 일시적인 것에 불과하다.

문득 한 편의 시가 떠올라 나직이 읊조리면서 걸었다.

안개 속을 걸어 다니는 것은 신기하다.

나무도 돌도 모두 쓸쓸하다.

어떤 나무도 다른 나무를 보지 못하니

모두가 혼자다.

나의 인생이 빛났던 날에는

세상의 친구도 많았었다.

지금 안개가 내리니

아무도 보이지 않는다.

이 어둠의 의미를 모르는 자는

지혜롭다 말할 수 없으리라.

피할 수 없이 조용하게

만물로부터 떠나게 만드는 이 어둠

안개 속을 걸어 다니는 것은 신기하다.

인생은 외로운 것!

아무도 남을 모르니

모두가 혼자다.

인생에
대하여

삶의 의미

인간은 삶의 여정을 거쳐 가면서 자기의 모습을 외적인 위치에서 바라보고는 어제까지는 전혀 없었거나 혹은, 있어도 깨닫지 못했던 특징을 발견하게 되는데, 그러한 때가 바로 자기의 존재를 잊기 쉬운 순간이다.

그때 자기 자신은 항상 같은, 숙명적으로 탄탄한 삶을 부여 받은, 영원히 변하지 않는 존재라고 생각하기 쉽지만,

결코 자기 또한 그런 존재가 아니라는 것을 깨닫게 되면 몸을 움츠리고 놀라움을 느끼는 것이다.

달콤하고 황홀한 꿈에서 순간적으로 깨어나 눈을 뜨고, 자기의 변한 모습과 퇴화된 지성, 위축되어 있는 용기를 비통해 한다.

이러한 변화에 놀라움을 갖든 기뻐하든 간에, 발전과 공전의 끝없는 흐름 속에 만물을 잠식하는 무상의 흐름 속에 자기 자신도 표류하고 있음을 순간적으로 깨닫게 되는 것이다.

이 무상의 흐름을 우리는 잘 알고 있지만, 대다수의 사람들은 순간의 통찰, 의식의 각성을 체험하지 못하고 방주를 탄 노아처럼 변화가 없는 자아의 섬 속에 갇혀 일생을 보내곤 한다.

삶의 물결 속에 죽음의 흐름이 소용돌이치며 지나간다. 인간이란 전혀 모르는 이들 혹은 가까운 사람이 그 흐름 속으로 휘말려드는 것을 보면서 그들을 향해 소리치고 눈물을 흘리면서도 자기 자신은 굳건히 대지를 밟고 기슭에 서서 그들을 바라볼 뿐이며, 함께 휘말려 죽거나 하는 일은 없다고 생각하는 모순된 존재들이다.

삶의 모습

인생은 한 마리의 말이다. 경쾌하고 우람스러운 말이다. 사람은 그것을 기수처럼 대담하게, 그리고 세심하게 다루지 않으면 안 된다.

무릇 인생은 모순에 의해 싱그럽게 꽃을 피운다. 도취를 모르는 이성과 냉철이란 대체 무엇일까?

죽음을 생각해 보지 않고서 궁극적인 감각의 기쁨을 누릴 수 있을까. 남과 여라는 영원한 이분법적 차이가 없다면 사랑이 어찌 가능하겠는가.

인간은 이 세상에 태어난 그대로의 자기 자신을 비관적으로 평가할 것이 아니라, 먼저 신으로부터 주어진 재능이나 결점을 있는 그대로 받아들여 그것을 긍정하고 그로부터 최선의 것을 만들려고 시도해야 할 것이다.

신은 우리들 한 사람 한 사람에게 무엇인가를 계획하고 있으므로 우리가 그것을 받아들이지 않고 그 실현에 협력하지 않는다면 결국 우리는 신의 적이 되는 셈이다.

때때로 강렬한 빛을 띠며

인생은 화려하게 반짝거린다.

그리고 웃으며 묻지도 않는다.

괴로워하는 사람들, 죽어가는 사람들을

그러나 나의 마음은

언제나 그들과 함께 있다.

괴로움을 숨기고 울기 위하여

저녁이면 스며드는 괴로움으로 인해

그에 얽혀 방황하는

많은 사람들을 나는 안다.

그들의 외로운 영혼을 친구라 부르고

반갑게 맞아들인다.

젖은 손 위에 엎드려

밤마다 우는 사람들을 나는 안다.

그들에게는 캄캄한 벽만 보일뿐

빛은 하나도 없다.

그러나 비록 암흑의 근심으로 가려져 있어도

> 따사로운 사랑의 빛이
>
> 그들 안에 남몰래 간직되어 있건만
>
> 그것을 모르고 방황하고 있다.

삶과 정열

인간은 누구나 스스로가 세계의 중심이다. 세계는 그의 둘레를 멋대로 빙빙 돌고 있는 것같이 보인다. 또한 누구에게든 하루하루가 바로 세계사의 종점이다. 그 배후에는 몇 천 년에 걸친 민족의 흥망이 있었고, 그 앞쪽에는 허무가 있을 뿐이다.

세계사를 이루는 모든 기구들은 지금 이 순간의 정점에만 존재하고 있는 것으로 보인다. 소박한 인간은 자기가 세상의 중심이라 생각하면서 사람들의 흐름 속에 참여하고 있지만 운명이나 죽음과 같은 것들은 자신과 상관없다는 믿음이 무너지게 되면 그것을 위협으로 생각한다. 그리하여 그러한 사실을 깨닫게 만드는 가르침들을 거부한다.

사람들은 자신의 생각이나 행동을 명확하게 인식하고

있는 각성 상태에서, 스스로의 내면을 바라보는 것을 두려워한다. 그리하여 늘 깨어있는 의식 상태에 머무르고자 하는 사람들 즉, 마음의 문제를 제기하는 사람, 천재, 예언자, 신들린 사람들에게 본능적인 분노를 느끼고 몸을 돌린다.

삶의 향기

인생은 짧다. 사람들은 그 짧은 인생을 숱한 고생과 속임수로 낭비하면서 엉망이 되게 하고 마침내 쓰라린 것으로 만들어 버린다.

얼마동안은 즐거웠고, 얼마동안은 따뜻한 봄날 같은, 얼마동안은 풍성한 여름밤을, 하다못해 실컷 마시고 실컷 맛보고 싶다.

> 나는 한 줄기 빛이다
>
> 그 옛날 숲과 함께 살았고, 방랑자로 떠돌던
>
> 무수한 종족의 나무에 피어난 하나의 잎이다.
>
> 전쟁에서 전쟁으로 내몰린 종족이나

흑단과 황금으로 찬란하게 세운 집들이

아름다운 거리마다 찬란하게 빛나는 또 다른 나무의 한 잎이다.

그들로부터 나에게서 이미 떠나간

어머니의 고요한 눈길에 이르기까지

모든 것은 벗어날 수 없는 한 줄기

확고한 길로서 나에게 이어져 있고

그리고 바로 이 길이 내게서 새로이 시작되어 무한의 시간으로

나를 먼 조상이라고 하는 사람들에게로 이어진다.

그들의 생명 속에는 나의 생명도 들어 있다.

그리고 내가 산 위 높은 구름을 넘어가

가벼운 대기 속을 걸어서 올라가자

내 생명, 나의 보는 눈, 고동치는 심장은 귀중한 영토가 되었다.

그것을 은혜롭게 물려받았으나

그 가치와 아름다움은 내 소유가 아니다.

그것은 소멸하는 일이 없다.

내 이마 곁으로 가볍게

차디찬 고원의 바람이 스쳐갔다.

삶이 주는 위안

어둠, 위안이 없는 암흑, 그것은 생활의 무서운 순환을 뜻한다.

사람은 무엇 때문에 아침에 일어나 먹고 마시고 그리고, 다시금 잠드는 것인가? 어린아이, 야만인, 건강한 청년이나 동물들은 이렇게 무관심하게 돌아가는 일상의 순환을 두고 고민하지 않는다. 사색에 괴로워하지 않는 자는 아침의 기상이나 음식 같은 것을 즐기고 그런 것에서 만족을 찾기 때문에 변화를 바라지 않는다.

그러나 삶이란 그런 것이 전부가 아니라고 생각하는 사람은 하루하루 삶의 매 순간을 날카롭게 살펴 참된 삶 속에 '실존하는 순간'을 찾게 된다. 그것은 창조적인 순간이라고 부를 수 있을 것이다. 왜냐하면 창조주와의 합일을 느끼는 그 순간에 우리는 단지 우연이라 여기던 것들에게도 의미를 부여하고 좀 더 적극적으로 살게 되기 때문이다.

그것은 신비주의자들이 신과의 합일이라고 부르는 것과 같다. 그 이외의 다른 시간들이 그토록 암흑처럼 느껴지는 것은 신과 합일하는 이 순간의 밝음이 다른 것들과 확연히 구분되어 명징하게 존재하기 때문일 것이다.

사랑에 대하여

사랑의 역사

사랑이라는 것은 이런 것이다. 사랑에는 특별히 고통이 따른다. 그러나 고통을 받든 받지 않든 그런 것은 아무런 상관이 없다. 삶을 함께 한다는 강렬한 갈망이 있다면, 삶 속에서 서로 신뢰하며 동반자로 느낄 수 있다면, 그리고 사랑이 식지만 않는다면 그것으로 만족해야 한다.

부질없는 사랑의 환락 속에서 사람들은 때때로 슬픔과

권태 속에 빠진다. 쾌락에 깊이 빠져 있는 동안은 불꽃같은 강렬한 욕망이 타오르다가, 마침내 순식간에 사라져 버리지만 사람들은 그런 감정들 속에서 사랑의 깊은 체험을 했다고 느낀다. 그래서 그런 감정들이 인생의 모든 환희와 비애의 상징이 되었다. 그 모든 것들이 영원할 수 없는 감정의 움직임에 불과한 것이지만 사람들은 사랑에 대한 믿음을 갖고 마음을 기울인다. 이 서글픔 또한 사랑이며 환희라 하겠다.

삶의 가장 최고의 순간에 찾아오는 벅찬 사랑의 환희가 겨우 숨 한 번 내쉬는 찰나에 흔적 없이 사그라지기도 한다. 이와 마찬가지로 깊은 고독과 절망이 어느 순간 희망으로 변하고 삶에 대해 새로운 마음가짐을 갖게 할 수 있다는 것도 확실히 가능한 일이다.

죽음과 쾌락은 하나였다. 생명의 어머니 이브는 사랑과 기쁨으로 불리지만 그것은 또한 무덤이며 부패라고 부를 수도 있는, 행복의 원천인 동시에 죽음의 원천이기도 한 것이었다. 어머니는 영원히 탄생하는 것과 동시에 영원한 죽음일 수 있고, 적어도 어머니에게 있어서는 사랑이 잔인함과 같은 것이다. 여기에 사랑의 역사가 있다.

> 나는 사슴이고, 너는 작은 노루
>
> 너는 새, 나는 나무
>
> 너는 태양, 나는 눈
>
> 너는 대낮, 나는 꿈
>
> 밤이 되면 잠든 나의 입에서
>
> 금빛 한 마리 새가 너를 향해 날아간다.
>
> 그 소리는 맑고, 날갯짓은 아름답다.
>
> 새는 너에게 사랑의 노래를 부른다.
>
> 사랑의 노래를, 나의 노래를.

사랑의 의미

사랑은 실로 경이로운 것이다. 그것은 예술을 통해 하나의 작품으로 완성될 때 더욱 빛난다. 사랑이란 모든 교양, 모든 지성, 모든 비평이 할 수 없는 일을 할 수 있게 만드는 힘이 있다. 사랑이란 가장 먼 곳을 붙들어 매고, 가장 오래 된 것과 가장 새로운 것을 나란히 묶어 놓은 다리와 같다. 사랑은 모든 것을 자신의 중심부로 끌어 들이기 때문에 시간을 초월한다. 사랑만이 정당한 것이다.

사랑의 형이상학

사랑이란 예술과 같은 것이다. 거대한 것을 조금만 사랑할 수 있는 사람은, 작은 것으로부터 타오를 수 있는 사람보다 더 가난하고 미천하다고 할 수 있다.

사랑한다는 것과 안다는 것은 거의 같은 것이라고 하겠다. 우리는 가장 사랑하고 있는 사람을 또한 가장 잘 안다.

사랑이란 간청해서도 안 되고, 요구해서도 안 되는 것이다. 사랑이란 자신의 내면에서 확신에 도달할 힘이 있어야 한다. 그리하면 사랑은 끌려 다니지 않고 스스로 이끌게 되는 것이다.

올바른 사랑을 하는 사람은 사랑 속에서 자신을 발견하게 된다. 그러나 대개는 마치 자신을 상실하기 위하여 애쓰는 사람들처럼 사랑을 한다.

사랑의 빛깔

이 세상의 모든 것은 다 모방하고 위조할 수 있지만, 사랑만은 그럴 수 없다. 사랑이란 훔칠 수도 모방할 수도 없는 것이다. 사랑이란 자신을 완전히 내려놓을 수 있는 마음속에서만 살아가는 것이다. 그러한 마음은 바로 모든 예술의 원천이기도 하다.

사람들은 자기의 삶을 신용과 사랑으로서가 아니라, 오히려 돈과 상품으로 지불하려고 한다.

삶이란 오직 사랑을 통해서만 의의를 지니게 된다. 이를테면 우리가 더욱 더 사랑을 하고 자신을 헌신할 능력이 있으면 있을수록 우리의 삶은 그만큼 의미가 깊어질 것이다.

세상을 관찰하고 판단하는 것은 위대한 사상가들의 일이다. 나에게는 오로지 세상을 사랑할 수 있다는 것, 즉 세상과 나와 모든 존재를 사랑과 경탄과 존중하는 마음으로 관찰할 수 있다는 것만이 중요하다.

키스로 나를 축복해 주는, 너의 입술을
즐거운 나의 입이 다시 만나고 싶어 한다
고운 너의 손가락을 어루만지며
나의 손가락에 깍지 끼고 싶다.
내 눈의 목마름을 네 눈에서 적시고
내 머리를 네 머리에 깊숙이 묻고
언제나 눈 떠 있는 젊은 육체로
네 몸의 움직임에 충실히 따라
늘 새로운 사랑의 불꽃으로 천 번이나
너의 아름다움을 새롭게 하고 싶다.
우리들의 마음이 온전히 가라앉고
모든 괴로움을 넘어, 행복하게 살 때까지
낮과 밤, 오늘과 내일
다정한 누이로서 인사할 때까지
모든 행위를 넘어서서 빛에 싸인 사람으로
평화 속을 조용히 거닐 때까지

순수한 사랑

성실은 훌륭한 덕목이다. 그러나 그것은 사랑 없이는 아무런 가치도 없다. 사랑이란 슬픔 속에서도 의연히 이해하고 미소 지을 수 있는 능력을 말한다. 자기 자신에 대한 사랑, 자기의 운명에 대한 사랑 그리고, 지금 겪는 일들의 의미를 이해할 수 없는 경우에도 어떤 신비한 힘이 우리에게 요구하고 계획하고 있는 것을 온전히 받아들이는 것, 이것이 우리의 목표이다.

주는 것은 받는 것보다 행복하고, 사랑하는 것은 사랑 받는 것보다 아름다우며 사람을 행복하게 한다.

젊은 시절 한 때의 열정적인 사랑과 오랜 결혼생활에서 얻은 사랑은 서로 다르다.

사랑이 남기고 간 것들

우리는 차츰 나이를 먹고 어른이 되어 순수함을 잃는 대신 침착성을 갖게 된다. 그러나 그 여인들, 전에 우리가 그리워하며 쫓아 다녔고, 우리에게 처음으로 사랑의 빛을 준 여자들은 지금 무엇을 하고 있을까?

우리가 차례로 헤어져 갈 때, 그녀들은 어떻게 느끼는 것일까? 우리 남자들에게는 할 일이 얼마든지 있다. 창조하고 연구하고 작업한다. 일과 직업이 있고 숱한 작은 기쁨과 작은 악업이 있다. 그러나 사랑 속에서만 살고, 사랑에만 기대를 걸고 있는 여자들은 무엇을 지니고 있는 것일까?

처음에 만난 젊은이들, 대담하거나 겁쟁이였던 사랑의 숭배자들이 맹목적으로 약속을 하고, 노래를 들려주고 엉터리로 말한 것들을, 최후의 남자에게서 받는 일은 좀처럼 없는 것이다.

> 빈 병 속에서, 유리 속에서
>
> 촛불이 희미하게 아른거린다.
>
> 방 안은 쓸쓸하고
>
> 풀밭엔 비가 내린다.
>
>
> 짧은 휴식을 위해 당신은 몸을 눕힌다.
>
> 아침이 오고, 다시 저녁이 오면

언제나 그렇게 되풀이되지만

당신은 다시 오지 못한다.

행복에 대하여

행복이라는 것은 완전한 현재 속에서 호흡하는 것, 우주의 합창 속에서 더불어 노래하는 것, 바람과 구름과 더불어 춤추는 것, 신의 영원한 웃음 속에서 함께 웃는 것이다.

대개의 사람은 그것을 한 번 혹은 두세 번 정도밖에 경험하지 못한다. 전혀 경험하지 못하는 사람도 있다. 하지만 그것을 체험한 사람은 그 순간만 행복한 것이 아니라 시간의 흐름을 잊게 만드는 황홀한 기쁨이나 마음의 빛남과 울림이 얼마간 지속됨을 느낀다.

행복에 의해 얻어진 진실 또는 예술가에 의해 느낀 위안이나 광명과 같은 것들을 때로는 몇 세기 뒤에도 처음처럼 느낄 수 있는 것이 바로 행복이다.

나에게 있어서 행복이란 꿈속의 위안과 똑같은 비밀로 이루어져 있다. 즉 상상할 수 있는 모든 것을 동시에 체험하고 내면과 외면을 바꿔볼 수 있으며, 시간과 공간을 무대 장치처럼 여길 수 있는 자유로 이루어져 있는 것이다.

행복을 체험하려면 무엇보다도 시간으로부터의 독립, 그리고 두려움과 희망으로부터의 해방을 필요로 한다. 그러나 대개의 사람들은 세월의 흐름과 더불어 이러한 능력을 스스로 상실해 버리고 만다.

행복이란 희망을 지니는 자의 것이다.

어떤 사람이라도 그가 특별히 불행하다고는 말할 수 없다. 마음속에 이리가 살고 있지 않다고 해서 반드시 행복한 것은 아니다. 한편 매우 불행한 삶이라 할지라도 태양이 빛나고 모래나 자갈 사이에 행복의 꽃이 피는 일도 있다.

행복이나 불행을 지나치게 분별하는 것은 결국 하찮은 일이다. 그것은 인생에서 가장 불행했던 나날이나 즐거웠던 날들을 모두 잃어버리는 것 이상으로 버리기 힘든 것이기 때문이다.

사람에게는 나와 남을 막론하고 삶을 제 뜻대로 조정하거나 이끌어갈 수 있는 능력이 없다고 본다. 돈이나 명예, 훈장을 얻을 수는 있다. 그러나 행복이나 불행을 차지하는 것은 자기를 위해서든 남을 위해서든 불가능한 일이다.

> 행복을 추구하고 있는 동안은
> 행복할 수 있을 만큼 성숙하지 않았다.
> 한없이 사랑하는 모든 것들을 다 가졌다 해도.
>
> 잃어버린 것을 애석해 하고
> 목표를 가지고 초조해 하는 동안은
> 아직 너는 평화가 어떤 것인지 모른다.
>
> 모든 소망을 버리고
> 목표도 욕망도 잊어버리고
> 더 이상 행복을 말하지 않게 되었을 때
>
> 사건의 물결이 너에게 미치지 않고

| 너의 영혼은 비로소 위안을 얻게 되리라.

행복의 조건

가을이 오면 언제나 나의 마음은 외로웠다. 마음을 저민다고까지는 할 수 없지만 깊은 향수에 빠져, 그 빛 속에 공상하면서 잃어버린 것들을 다시 보았다.

어떤 고장에서 정착해 산다는 것, 거처할 수 있는 땅 한 자락, 경치를 바라보거나 그림을 그리거나 하는 것뿐만이 아니라, 그 모든 것들을 사랑하고 땅을 경작하면서 농부의 아늑한 행복을 맛보는 것, 그것이야말로 나에게 있어 아름답고 부러운 운명이라 생각되었다.

나이 먹은 사람들이 언제 최고의 행복을 느꼈었는지 돌이켜 볼 때는 가장 먼저 유년시절을 떠올리게 된다. 당연한 일이다. 왜냐하면 행복을 체험하기 위해서는 무엇보다도 시간에 지배되지 않는 것, 또한 공포나 희망에 지배되지 않는 것이 필요하기 때문이다. 그리고 대개의 사람은 나이를 먹게 됨에 따라 이러한 능력을 상실하게 된다.

젊음에 대하여

젊음과 정열

정열이란 정말 멋진 것이다. 그것은 때때로 젊은 사람들에게 너무나 잘 어울리는 말이다. 그러나 나이 든 사람들에게 잘 어울리는 말은 유머요, 웃음이다. 스스로가 덧없는 저녁 구름의 유희 같은 존재인 것처럼, 모든 일을 순수하게 받아들이고 항상 세상을 관망하며 비유로 바라보는 것, 사물을 조용히 바라보는 것이 무엇보다 중요하다.

성공을 거둔 사업가나 영화배우, 아니면 챔피언 자리에 오른 권투선수는 못 되었지만 나는 이미 열두 살 때 머리 속에서 영혼을 바라보는 시인이 되었다. 그리고 무엇보다 세상이라는 것이, 크게 바라지 않고 그저 조용히 주의 깊게 관찰하는 것만으로도 얻을 수 있는 게 많다는 사실을 깨달았다.

그런 한편으로 성공을 거둔 사람들, 즉 세상에서 말하는 속물들은 그러한 사실을 알지 못한다는 것도 알았다. 관망한다는 것은 탁월한 기교이기도 하다. 세상이란 살면서 얻어지는 것이고 치유력이 있으며 가끔은 매우 유쾌한 것들을 우리에게 가져다준다.

젊음과 방황

사람은 나이를 먹게 되면 젊었을 때보다 좀 더 만족스럽게 생각한다. 그렇다고 해서 젊음을 탓할 생각은 없다. 그것은 청춘의 모든 꿈속에 멋진 노래처럼 울려오고, 그 울림은 젊었을 때보다 오히려 지금 더욱 청순한 모습을 띠고 있기 때문이다.

> 나의 청춘은 온통 꽃밭이었다.
>
> 초원에는 은빛 샘물이 솟아오르고
>
> 오래된 나무와 동화 같은 숲의 녹음이
>
> 거친 내 꿈의 정열을 식혔다.
>
> 지금은 목마르게 뜨거운 길을 간다.
>
> 이제 청춘의 나라는 닫혀 있다.
>
> 나의 방황을 비웃기나 하듯
>
> 담 너머로 장미가 고개를 끄덕인다.
>
> 신선한 꽃밭의 속삭임이
>
> 분노하며 점점 멀어져 가지만
>
> 그때보다 곱게 울리는 소리가 있어
>
> 마음속 깊이 귀 기울인다.

너는 고향에서 만족을 느끼지 못하는가. 좀 더 아름답고 풍요로우며 따뜻한 땅을 찾고 싶은 것인가.

그리하여 너는 원하는 것을 쫓아 여행을 떠나게 될 것이다. 너는 더 아름답고, 태양이 더 밝게 빛나는 다른 나라로 방황하게 될 것이다. 너의 마음은 한없이 넓어지고 화창한 하늘이 너의 새로운 행복을 둘러싼다. 그곳이 지금은 너의 낙원이다.

그러나 그곳을 칭찬하기 전에 잠깐 기다리길 바란다. 몇 년, 아니 얼마 안 되는 사이에 그 최초의 진귀함이 사라져 버릴 때까지.

그러면 너는 산에 올라 너의 고향이 누워 있는 방향을 찾을 때가 온다. 고향의 언덕은 그 얼마나 부드럽고 푸릇푸릇한가. 그래서 너는 다시금 깨닫고 느끼게 될 것이다.

그곳에 아직도 네가 어렸을 때 놀던 집이며, 마당이 있음을. 그곳에 네 청춘의 모든 성스러운 추억이 머물러 있음을. 그곳에 너의 어머니가 잠들어 있음을…….

젊음의 환희

아, 젊음은 아름다운 것이었다. 그 때는 참으로 좋았다.

물론 죄나 슬픔도 이미 숨어 있기는 했지만 그래도 분명 행복한 세월이었다. 그 무렵의 나처럼 그런 식으로 술을 마시고, 그런 식으로 춤을 추고, 그런 식으로 사랑의 밤들을 칭송한 사람은 그리 많지 않을 것이다.

그러나 그 때, 그 정도로 끝냈어야 했다. 그 후로는 다시 그런 행복한 시절은 오지 않았다. 그래, 그것이 내 젊음의 마지막이었다.

Hermann Hesse

Chapter 3

청춘의 영혼

나의 영혼은 나무가 되고

동물이며 뜬 구름이 된다.

그리고는 낯선 얼굴로 돌아와 내게 묻는다.

나는 무슨 말로 대답해야 하는가.

고독에 대하여

고독이라는 병

타향에 와서 살고 있는 사람에게는 종종 두고 온 고향과 어린 시절의 집과 정원이 눈앞에 떠오른다. 자유로운 시간 속에서 잊을 수 없는 소년 시절을 보냈던 숲과, 늘 말썽을 일으키며 장난을 하던 방들 그리고 이끼에 젖어 있던 계단이 생각난다. 조금은 낯설게 보이는 나이 든 부모님의 모습이, 눈가에 사랑과 근심, 약간의 꾸중하는 기색을 띠고 나타난다. 손을 뻗어 그 영상을 잡으려 하지만 헛된 일일 뿐이다. 커다란 슬픔과 고독이 엄습해 오고 그 위에 다른 형상들이 겹쳐진다.

자기만의 고독한 시간에는 모든 것들이 우리를 슬프게 한다. 지난날 젊은 시절에 자기와 가장 가까운 사람을 고통 속으로 몰아넣고, 사랑을 거절하고, 호의를 무시해 보지 않은 사람이 누가 있으랴. 자기를 위해 마련되었던 행복을, 반항과 오만으로 인해 잃어보지 않은 사람이 누가 있을까. 다른 사람과 자기 자신의 자존감에 상처를 주고, 필요 없는 말을 하고 약속을 지키지 않으며, 아름답지 못하고 마음을 아프게 하는 행동으로 친구들에게 잘못을 저지르지 않은 사람이 누가 있단 말인가? 이들 모두가 이제 당신 앞에 나타나 한마디의 말도 하지 않고 조용한 눈길로 당신을 바라보고 있다.

고독의 아름다움

잠 못 이루는 어느 한 사람이 침대에 누워 있는 것을 상상해 보자. 시간은 고요하고 지루할 정도로 느리게 흘러간다. 첫 시간과 다음 시간에 치는 종소리 사이에는 견딜 수 없이 어둡고 넓은 심연이 가로 놓여 있다. 우리는 얼마나 자주 한 마리의 쥐가 내닫는 소리와 마차 굴러가는 소리, 시계가 똑딱거리는 소리, 분수가 솟아오르는 소리, 그리고 바람소리와 가구가 삐걱거리는 소리를 들어온 것일까! 우리는 그런 것에 주의를 기울이지 않은 채로 무신경하게 그 소리를 들어왔다.

그러나 이제는 불면의 고독과 고요 속에서 그리움에 가득 찬 마음으로 옆을 스쳐가는 모든 생명의 입김에 바싹 달라붙어 있다. 우리는 굴러가는 마차소리를 생생하게 듣는다. 그 무게와 생김새, 말들이 얼마나 피곤할지 생각해 보기도 하고, 그 마차가 달리고 있는 거리와 골목길이 어딘지를 궁금해 한다. 아니면 치솟고 있는 분수에 생각을 집중시킨다. 그때 우리는 병문안 온 친구를 대하는 환자가 건강의 향기와 바깥 생활의 광채를 들려주는 친구의 이야기에 귀를 기울이듯이, 감미로운 음악을 들을 때와 같은 감사한 마음으로 분수에 귀를 기울인다. 물줄기 가득 찬 분수가 떨어져 수조 안을 흐르는, 불규칙하고 유연한 소리를 듣는다.

그 끊임없는 속삭임에서 하나의 리듬을 찾아내어 함께 박자를 맞춰 흥얼거리다가는 다시 입을 다물고 분수가 넘치며 노래하는 소리를 듣는다.

마치 꿈을 꾸듯이 우리는 계속해서 시냇물과 강물을 통해 바다로 흘러가는 물을 생각하고 다시 영원한 탄생과 죽음, 그리고 새로운 태어남의 요람을 생각한다. 그 너머에서 영혼의 움직임 즉, 몽롱한 사상의 체계가 형성되기 시작하며, 이해할 수 없었던 우리의 인생이 비로소 명확한 실체를 드러내는 것이다.

고독의 진실

짐승들은 대개 슬퍼 보인다. 사람이 슬픔을 느끼는 것은 이가 아프다거나 돈을 잃었다거나 할 때가 아니다. 인생이란 어떤 것인가. 자연의 참 모습이 무엇인지를 잠시라도 느끼면서 정말 슬퍼졌을 때, 사람들은 어딘지 동물을 닮아 있는 것처럼 보인다. 그리고 그런 순간에 사람들은 비록 슬픈 얼굴을 하고 있어도 평소보다 훨씬 진실하고 아름답게 보인다.

> 무지개의 시
>
> 죽어가는 빛의 마력
>
> 음악처럼 사라지는 행복
>
> 성모의 얼굴에 비친 고통
>
> 존재의 쓰라린 환희……
>
> 폭풍우에 쓰러진 꽃
>
> 무덤 위에 놓인 화환
>
> 지속되지 않는 청명함
>
> 어둠 속에서 떨어진 별
>
> 세계의 심연 위에 덮인
>
> 아름다움과 슬픔의 베일

고독에의 귀향

우리의 빠른 인생에 있어서 영혼을 의식할 수 있는 시간,

즉 감각의 생활과 정신의 생활이 뒤로 물러서고, 회상과 양심의 거울 앞에 영혼이 그 모습을 적나라하게 드러내는 시간은 매우 드물다.

이러한 일이란 대개 커다란 고통을 체험하고 난 뒤에 일어난다. 어머니의 병상이나 임종 곁에서 혹은 길고 먼 고독한 여행을 마치고 집으로 돌아온 몇 시간 동안에 그런 일이 일어날지 모른다. 그것은 언제나 좌절과 방해, 혼돈 속에서 진행된다. 바로 여기에 숱하게 지새운 밤들의 진정한 가치가 있는 것이다.

밤이 되어 육체는 잠들고 영혼만의 시간이 찾아와 불안 속에서 잠 못 이룰 때면 현실을 벗어던지고 생명감으로 넘치는 영혼의 충만함에 또다시 놀라게 될 것이다.

우리 인생은 형식적인 것만은 아니다. 우리 내면에는 외적인 것에 의해 움직이거나 변화되지 않는 어떤 것이 간직되어 있다. 그리고 우리의 의지대로 움직이지 않는 내면의 목소리가 있어서 우리에게 어떤 메시지를 전달하고 있다는 것을 알아야 한다. 진실한 사람과 신앙을 가진 사람은 이러한 목소리에 귀를 기울이면서 혼란스런 시간을 벗어난다.

영혼에
대하여

영혼의 실체

영혼이란 인간적인 것이냐, 아니면 동식물적인 것이냐라고 하면서 그 원인을 따지는 것은 쓸데없는 일이다. 영혼은 세상 어디에나 존재하며 어디서든 느낄 수도, 예감될 수도 있는 것이다.

그러나 우리가 돌멩이 아닌 동물을 운동체로 보고 느끼고 있듯이, 우리는 인간에게서 영혼을 찾고 있다. 또한 우리가 가장 분명하게 존재하고 괴로워하고 생동하는 곳에서 영혼의 모습을 보고자 노력하는 것이다. 인간만이 문명의 길을 걸어온 것처럼 인간만이 유일하게 영혼을 고양시키고자 하는 존재다.

모든 인간 세상에는 영혼이 자리 잡고 있다. 우리는 산과 암벽에서 중압의 근원적인 힘을 느끼고, 동물에게서는 무엇인가를 추구하는 자유로운 힘과 운동성을 보면서 사랑을 느낀다. 이처럼 인간에게서는 '영혼'이라고 부르는 생명의 형식과 발현 가능성을 보게 되는데, 이러한 생명의 빛들은 가장 크고 특별히 선택된, 최고로 발전된 빛이 되는 것을 궁극의 목표로 하고 있다.

이것은 우리가 유물론적이거나 유심론적이거나 혹은 또 다른 어떤 식으로 생각하더라도 마찬가지다. 또한 영혼을 불멸의 것으로 보거나 사멸되는 것으로 보더라도 결국은 동일한 것이다.

영혼의 대상

우리들 모두는 영혼을 인식하고 높이 평가하고 있다. 그리하여 인간의 시선과 예술에 영혼이 깃들게 하는 것이 우리 모두에게 가장 숭고하며 가장 가치 있는 일이다. 모든 유기적 생명의 물결은 바로 영혼의 드러남에 있다.

사람들에게 가장 귀하고 가치 있는 최고의 대상은 바로 우리의 이웃과 동료들이다. 그러나 이 당연한 것에 대해 모든 사람들이 동의하는 것은 아니다.

청년 시절에 나는 사람보다는 자연 풍경과 예술 작품에 더 가깝고 친숙해져 있었다. 심지어는 몇 년 동안이나 사람이 아닌 공기와 대지와 물 그리고 나무와 산과 동물들만이 등장하는 문학 작품을 꿈꾸기도 했다.

나는 인간을 영혼의 궤도에서 완전히 이탈하여 욕망에 의해 지배를 당하고 있으며, 거칠고도 야비하게 동물적으로 원시적인 목적이나 추구하고 자질구레한 욕망에 시달리는 존재로만 생각했다. 그래서 영혼이 흐르는 인간은 이미 소외되어서 사라져 가고 있으며, 영혼이 흐르는 길은 다른 어떤 것 즉, 자연을 통해서만 찾을 수 있을 거라는 그릇

된 관념이 일시적이나마 나를 지배했던 것이다.

영혼과의 대화

오, 수줍은 영혼들이여! 인간의 모든 행위에서 그 모습이 드러난다면 세상이 얼마나 아름다워질 것인가?

우리는 어떻게 자신의 삶을 통해 영혼을 이끌어 갈 것인가? 또한 영혼으로 하여금 우리의 모든 일을 주관할 수 있도록 할 수 있을까.

> 오, 위대한 영혼이여!
> 그대가 있는 곳에 혁명이 있고 새로운 길이 열리며,
> 신이 있고, 새로운 삶이 있다.
> 영혼은 사랑이고 미래다.
> 위대한 모습을 이루도록 만드는 힘이다.
>
> 때때로, 한 마리의 새가 지저귈 때
> 바람이 나뭇가지 사이를 지날 때

혹은 개 한 마리가 먼 동구 밖에서 짖을 때
오랫동안 입을 다물고 귀 기울여야 한다.

나의 영혼은 옛날로 되돌아간다.
잊어버린 천 년의 세월
부는 바람과 새가
나를 닮고, 나의 형제였던 그 옛날로

나의 영혼은 나무가 되고
동물이며 뜬 구름이 된다.
그리고는 모습을 바꿔, 낯선 얼굴로 돌아와
내게 묻는다. 나는 무슨 말로 대답해야 하는가.

영혼은 정신의 꽃

세상이 변해간다 해도 어쩔 수 없는 일이다. 세상을 치유하는 것은 정의로운 사람이나 평화주의자, 미래에 대한 생각, 그리고 새로운 의욕과 같은 것들이다. 그런데 이런 것들은 언제나 우리의 내면에서 즉, 늘 연약하게 시달리면서도 절대로 파괴되지 않는 우리의 영혼 속에서만 발견하게 된다. 이 영혼 속에는 아무런 지식이나 판단도 없고, 계획도 없다. 영혼에는 그저 욕구와 감성과 미래만이 존재할 따름이다.

위대한 존재들은 모두 이 영혼의 안내를 따랐던 사람들이다. 영혼을 따름으로써 그들은 평범한 곳에서 최고의 경지까지 다다를 수 있었던 것이다.

국가라는 것은 꿀벌들도 이룰 수 있으며, 재산은 생쥐들도 모은다. 개미들도 전쟁을 할 수 있다. 우리는 인간이기 때문에 우리의 영혼을 보다 높은 차원으로 이끌려는 것이다.

영혼이 실패를 하거나 혹은 사람이 그 영혼을 희생시킬 때, 우리가 이루어가는 삶 속에서 행복은 피어나지 못한다. 왜냐하면 행복이란, 오직 영혼만이 느낄 수 있는 것이기 때문이다. 우리가 갖고 있는 이성이나 지식, 위선, 재산과 같은 것들은 행복을 느끼거나 알 수 있는 것들이 아니다. 이제, 시간을 초월하여 우리 인간에게 언제나 빛이 되어야 할 격언 한 마디를 새겨 보기로 하자.

"비록 온 세상을 얻는다 할지라도, 그대 영혼에 해가 된다면 무슨 소용이 있으랴!"

죽음에 대하여

죽음의 모습

우리의 삶 속에서 가장 많은 호기심을 불러일으키는 것은 죽음이 무엇인가 하는 것이다. 죽음은 생존의 마지막이며 가장 위대한 체험이다. 모든 인식과 체험 속에서 우리가 마지막 순간에 기꺼이 생명을 던지는 것은 인생에 있어 가장 큰 의미를 지닌다.

죽음의 고통 또한 하나의 인생 과정으로서 출생의 고통

못지않다. 때때로 우리는 이 두 가지를 혼동하며 삶을 영위하고 있다.

> 죽음 때문에 우리의 삶은 보다 깊고 섬세해진다.
> 세계가 너에게서 떨어져 나간다.
> 지난 날 네가 사랑하던
> 모든 기쁨이 다 타버리고
> 그 속에서 암흑이 위협한다.
>
> 어쩔 수 없이
> 너는 스스로의 내부로 잠긴다.
> 보다 강렬한 손에 밀려
> 추위에 움츠리며 죽은 세계 위에 선다.
> 너의 뒤에서 흐느끼며
> 잃어버린 고향의 여운이 불어온다.
> 아이들의 소리와 은은한 사랑의 노래가.
>
> 고독으로 가는 길은 참으로 어렵다.
> 네가 알고 있는 것보다 더.

> 꿈의 샘도 말라 있다.
>
> 그러나 믿어라!
>
> 그 길의 끝에 고향이 있다.
>
> 죽음과 재생이, 그리고 무덤과 영원한 어머니가.

죽음의 빛깔

보통의 이성적인 사람들은 대지를, 사람들 마음대로 향유하라고 주어진 자연의 은총이라고 생각한다. 그러한 사람이 가장 두려워하는 것은 죽음, 즉 자신의 삶과 생활의 무상함에 대한 깊은 불안감이다.

또한 그러한 사람은 죽음에 대해 생각하기를 회피하며 그와 같은 생각에서 벗어나기 위해 보다 현실적인 생활로 자신을 서슴없이 도피시킨다. 그리고는 죽음에 저항하여 몇 배의 노력을 기울여 재산이나 인식, 법칙이나 합리적 세계의 지배를 추구하는 데만 열을 올린다. 그의 믿음이란 바로 진보에 대한 확신이며, 진보의 영원한 사슬이 자신을 죽음으로부터 보호해 줄 것이라고 믿는다.

죽음의 정체

태어나는 순간 이미 우리는 죽음으로 향하는 발걸음을 내딛고 있는 것과 같다. 사람이면 누구나 겪어야 하는 죽음을 우리는 더 이상 외면하지 말아야 한다.

생각하건대 자연과 교육, 운명을 통해서 자살이란 것이 어느 한 개인에게는 불가능하고 금지된 것이라면, 상상으로나마 때때로 이 탈출구를 통해 자신의 삶을 포기하고 싶은 강렬한 유혹을 받는다 할지라도 그는 쉽게 자살을 실행에 옮기지는 못할 것이다. 그럴 경우 그에게 있어 자살이란 아주 금지된 채로 의식의 어두운 곳에 남아 있을 따름이다. 그러나 다른 방법으로 어느 한 사람이 견딜 수 없는 절박한 위치에서 자신의 삶을 단호히 포기해 버린다면, 그의 자살은 모든 사람들이 경험하는 자연사와 동등한 권리를 갖는다고 할 수 있다.

어쩌면 자살한 사람의 죽음이 자연사보다 더 자연스럽고 인간적인지도 모른다.

인간은 불행하게도 서서히 조금씩 조금씩 죽어가고 있다. 삶을 이루고 있는 모든 것들이 순간순간 작별을 고하고 있는 것이다. 이것이 바로 죽음이 정체다.

죽음의 체험

우리가 사랑하는 사람을 잃었을 때 최초의 자연스러운 반응은 슬픔과 고통의 눈물이다. 그러나 죽은 사람에 대한 비애나 고통은 살아있는 우리에게 오히려 위안을 줄 뿐, 죽은 사람과 같을 수는 없다. 그러므로 우리가 죽은 이에게 마지막으로 해줄 수 있는 것은 제물 같은 것이 아니다. 우리의 마음속에 그에 대한 올바른 기억과 회상을 지니고, 사랑했던 그 존재를 우리의 내면세계에 다시 재건하는 것이 가장 아름다운 보상이다. 우리가 이와 같이 추모하며 마음에 안식을 갖는다면, 죽은 사람은 늘 우리 곁에서 새로운 삶을 계속하고 있는 것과 다름없으며, 그에 대한 슬픔이나 고통은 생의 열매로 승화하게 된다.

> 나는 이미 온갖 죽음을 체험했다.
>
> 앞으로도 또 온갖 죽음을 맞이하리라.

나무속에서 나무의 죽음을

산 속에서 돌의 죽음을

모래 속에서 흙의 죽음을

바스락거리는 여름 풀 속에서 풀잎의 죽음을

그리고 가련한 인간의 죽음을 맞이하리라.

꽃이 되어 나는 다시 태어나리라.

나무가 되고 풀이 되어 다시 태어나리라.

새가 되고 나비가 되어서 다시 태어나리라.

그리고 어떤 모습으로부터 비롯될지 몰라도

그리움이 나를 몰아내어

마지막 고뇌로, 인간의 고뇌로

밀어 올리리라.

오! 떨림 속에 끌어올려진 생명이여

만일 욕망의 광폭한 주먹이

인생의 양극을

서로 휘어 구부리려고 한다면

끊임없이 너는 생명이 잉태되는 고뇌에 찬 길로

죽음의 피안

나는 피안彼岸이라는 것을 믿고 있지 않다. 피안이란 존재하지 않기 때문이다. 시든 나무는 영원히 죽으며 한 번 얼어 죽은 새는 되살아 날 수 없다. 인간 역시 죽으면 마찬가지다. 세상을 떠나도 잠시 동안은 그 삶에 대한 말을 기억할 것이다. 그러나 그리 오래 가지는 않을 것이다. 지금 내가 죽음에 대해 흥미를 품고 있는 것은 어머니 곁으로 돌아가고 있다는 신앙과 같은 생각에서이다. 어쩌면 그것은 내 의식 속에 머무르고 있는 꿈과 같은 것인지도 모른다.

죽음은 커다란 행복이다. 첫 사랑의 성취와 같을 만큼 큰 행복일 것이라고 나는 생각하고 있다. 다시금 나를 인계하여 공空의 세계와 순결 속으로 인도해 주는 것이 바로 어머니와 같은 죽음이다.

나는 죽음에 대항할 필요를 느끼지 않는다. 왜냐하면 죽음이란 존재하지 않기 때문이다. 그러나 죽음에 대한 두려움은 분명히 존재한다. 이 두려움은 우리가 치유할 수 있는 것들 중의 하나이다.

> 아! 기약도 없는 이별을 한다.
> 실패한, 쓰라린 운명에 가슴은 넘친다.
> 어쩔 수 없이 장미가 향기롭게 손 안에서 시든다.
> 애달픈 마음은 졸음과 어둠을 찾는다.
> 그러나 밤하늘엔 변함없는 자리에 별이 떠 있다.
> 좋든 싫든 간에 우리는 언제나 저 별을 쫓는다.
> 빛과 어둠을 지나 우리의 운명은 저 별을 향해 굴러간다.
>
> 우리는 기꺼이 저 별을 쫓는다.
> 이름을 부르는 소리가 들려온다.
> 부모와 형제자매, 벗들 그리고
> 유년 시절, 내가 존경하던
> 영웅들, 여성과 시인들.
> 그러나 그 많은 얼굴들 중에서 어느 누구도
> 잠시라도 나를 보아주지 않는다.
> 그것은 촛불처럼 허무 속으로 꺼져가고

슬픔에 넘치는 마음속에 '잊혀진 시의 울림처럼'

어둠과 슬픔만을 남긴다.

지난날 즐거웠던 빛이 이제 흐려지고

꿈과 추억이 된 나날을 아쉬워하는

탄식만을 남긴다.

종교에
대하여

종교의 빛

어떤 이는 신을 빛이라 부르고, 어떤 이는 밤으로, 혹은 아버지나 어머니라고 부른다. 또 어떤 사람은 신을 안락이라고 칭송하고 다른 이들은 운동, 불, 차가움, 심판자, 위로자, 창조자, 파괴자, 용서하는 자, 복수하는 자로써 칭송했다.

신은 스스로를 밝히지 않았다. 사람들에 의해서 밝혀지

고, 사랑 받고, 칭송되고, 저주되고, 미움 받고, 기도되기를 바랐다. 왜냐하면 모든 세상으로 이루어지는 합창단의 음악이 신이 사는 신전이고 신의 생명이기 때문이다.

> 인간의 길은 힘들고, 죄와 죽음이 그의 양식이다.
>
> 자주 그는 어둠 속에서 헤매고
>
> 차라리 태어나지 말 것을, 하고 생각할 때가 있다.
>
> 그러나 그의 위에는 영원히 그의 동경과 사명이
>
> 즉, 빛과 정신이 반짝이고 있다.
>
> 그리고 우리들은 위태로운 사람을
>
> 어떤 영원한 것이 특별하게 사랑하고 있는 것을 느낀다.
>
> 우리 헤매는 형제들에게는
>
> 화목하지 못해도 사랑은 가능하다.
>
> 심판과 증오가 아니라
>
> 끈기 있는 사랑이
>
> 사랑하는 인내가
>
> 우리들을 성스러운 목표로 접근시켜 준다.

종교에 대한 편견

어떠한 종교도 모든 종교가 다 그러하듯이 우리 인간에게는 유익한 것이다. 어떠한 종교를 통해서도 우리는 현자가 될 수 있으며, 모든 종교가 우리에게 수도의 뜻을 심어준다.

어떤 종교라도 그 신화에는 인류의 지식이 담겨져 있다. 신화는 우리 스스로가 신성시하지 않는다면, 허위처럼 돼버리지만 신화는 그 하나하나가 세계의 중심으로 통하는 열쇠다.

인본주의적 이상理想이 종교적 이상보다 더 고귀하다고는 생각지 않는다. 또 어떠한 종교가 다른 종교들보다 더 좋은 것이라고 여기지도 않는다. 나는 정신의 고귀성과 자유가 결여된 교회가 자만에 빠져서 다른 종교와 교회를 무시하는 것에 실망한다.

종교의 힘

우리는 덧없는 존재이고 생성되어 가는 존재이다. 우리는 일종의 가능성일 뿐이어서 결코 완전한 존재가 아니다. 그러나 활동으로서의 능력과 현실의 가능성에 대해 외치는 곳에서 우리는 진정한 존재에 이른다. 조금이라도 완전하고 신성한 것과 비슷해지는 것, 이것이 바로 자아실현인 것이다.

자연으로부터 부여 받은 능력으로 자아실현을 꾀함으로써 인간은 그가 할 수 있는 유일하고도 가장 의미 깊은 일을 할 수 있다.

종교와 신앙생활

완전한 교시를 기대하지 말고 자신의 완성을 피해야 한다. 신성이라는 것은 마음속에 있는 것이다.

악한 성품과 악한 일을 알면 그것과 부단히 싸워야 한다. 그렇지 않고서는 삶은 고양되지 않는다.

경건하다는 것은 신뢰할 수 있음을 의미한다. 소박하고 건전하며 천진한 사람은 경건함을 갖추고 있다.

자기 자신을 부정하는 자는 신을 긍정할 수 없다.

신성에 이르는 길은 뒤로 나 있지 않고 앞으로 뻗어 있다. 늑대나 어린아이로 돌아가는 것이 아니라 죄 속으로, 인간의 성숙됨으로 향하는 것이다.

믿음과 의심은 상응하면서 서로 보완 관계에 있는 것이다. 의심이 있는 곳에서 진실한 믿음이 생긴다.

경건한 인간은 신화에 끌린다.

어떠한 종교에 속하는가 하는 것보다 신앙생활을 어떻게 하는가가 더 중요하다.

자기의 종교와 신앙만이 옳다고 하는 것은 유치한 일이다.

인생은 무의미한 가운데서도 의미를 지니고 있다. 그 것은 지성으로 파악할 수 있는 것이 아니다. 자신을 희생해서라도 이 의미를 찾고 싶은 신앙을 갖고 있다면 오직 스스로 체험에 의해서 알 수 있을 뿐이다. 이러한 체험을 할 수 없는 사람들은 잘 기획된 교회나, 매력적인 단체나 이데올로기에서 그 의미를 찾고자 한다.

인생에는 의미가 있어야 한다고 한다. 그러나 인생은 지금 우리가 부여하고 있는 꼭 그 만큼의 의미가 있을 뿐이다.

개인적으로는 그러한 일을 온전히 할 수 없으므로 인간은 종교와 철학으로부터 의미 있는 위안을 구하고자 한다.

삶의 의미를 찾는 길은 어디서나 같다. 즉, 인생의 의미는 오로지 사랑의 길에 있다는 것이다. 우리가 서로 사랑하고 자신을 헌신할 수 있는 만큼 우리 인생의 의미도 깊어지는 것이다.

나는 인간성이 다양한 것을 찬미하고, 신앙의 형태가 다양한 것을 찬미한다. 나는 자기들만의 종교와 신앙이 옳다고 하는 특정 종교의 교도가 아닌 것을 다행스럽게 생각한다.

인류가 한 개인이라면, 순수한 종교를 통하여 모든 것을 다스릴 수 있겠지만 인간사란 그렇지가 않은 것이다. 순수한 종교와 종교인들은 소수의 사람들을 위한 것이고, 대다수의 대중은 신화와 마술을 필요로 하고 있다.

모든 교회와 성직자들이 그리스도와 같다면, 시인이란 이 세상에 필요 없는 존재가 될 것이다.

하나의 개인은 일회적이고 특별한 지점으로 비유할 수

있다. 세상에는 다양한 현상이 서로 교차하는데, 오직 한 번씩 엇갈리는 진귀하고 중요한 지점이 바로 인간이다. 따라서 개개인의 역사란 중요하고 신성하며 영원한 것이다.

사람이 살아가면서 자연의 의지를 실현시킨다면 그는 경이롭고 주의를 기울일 만한 가치가 있다.

종교의 대상

인간 개개인에 있어서 정신은 현상이 되고, 개개인은 고뇌하게 된다. 그 속에서 구세주는 십자가에 못 박히는 것이다.

우리는 우리의 개성을 지나치게 좁은 의미로만 사용한다. 우리는 서로 다르며, 별나게 파악되는 것만을 우리의 개성으로 여긴다. 그러나 우리는 세계의 모든 요소로 구성되어 있다. 즉, 우리의 육체가 계통 발생적 계보를 지니고 있는 것과 마찬가지로 우리 개개인은 과거의 인간 영혼 속에 깃들었던 모든 요소를 우리의 영혼 속에 함께 지니고 있는 것이다.

또한 옛날에 존재했던 모든 신과 악마가 우리의 내면에 깃들어 있으며, 그것은 일종의 가능성으로 존재하고 있다.

경건함과 경외함이야말로 최고의 미덕이라 생각한다. 경건함은, 세상의 모든 사물과 인간에 대해 지니는 존경인 경외심과 서로 상응한다고 생각된다.

내가 살아온 시간과 나 자신에게 절망한다 할지라도 나는 나의 위치를 지킬 것이다. 그것 때문에 외톨이가 되고 우스꽝스럽게 된다고 할지라도 인생과 그 의미의 가능성에 대한 경외심을 결코 버리지 않을 것이다.

양심의 가책이라는 것은 종교적으로나 심리학적으로 볼 때 언제나 인간의 마음을 불안하게 한다. 그러나 그것은 바로 생생하게 살아 있는 건전한 양심이 실존하고 있다는 확신이라 하겠다.

우리의 양심이라는 것은 삶의 최고재판소다. 그러나 나는 양심이 신의 목소리라는 것에 대해 의구심을 갖고 있다. 순수한 생활 본능이 양심과 대립된다는 것은 확실한 행복이다.

종교와 신화는 마치 시와 같다. 그것은 표현할 수 없는 어떤 것을 사람들이 합리적인 것으로 옮겨 어떤 이미지 속에 표현하고자 하는 시도이다.

종교와 자기 해방

인습으로부터의 자유가 곧 내면의 자유와 같은 것은 아니다. 고귀한 인간들에겐 확실한 신앙 없이 살아가는 삶이 쉬운 것이 아니라, 오히려 훨씬 더 어렵다. 왜냐 하면 그들은 자신들의 삶을 통제할 다양한 구속을 스스로 창조하고 선택해야 하기 때문이다.

생동하는 모든 인식이란 단 하나의 대상을 갖는다. 그것은 수많은 사람들에게 인식 되고, 다양한 표현으로 수식 되지만 진리는 유일하다. 그것은 우리가 우리 내면의 생명체, 즉 우리 모두가 내면에 지니고 있는 신성과 마성에 대한 인식이다. 말하자면 가장 내면적인 이 지점으로부터 모든 이원적인 대립성을 씻어낼 수 있는 가능성이 생겨난다. 이것에 대하여 인도인은 '아트만'이라고 하고, 중국인은 '도'라고 하며, 기독교인은 '은총'이라고 한다. 은총이나 도라고 하는 것이 늘 우리를 감싸고 있다. 이것은 일종의 빛이며 신 자체일 수도 있다.

신이란 모든 이미지와 다양성을 넘어 자신 속에 하나가 되어 있는 정신이다.

> 내면으로의 길을 찾는 사람은
>
> 침묵 속에 고요히 머문다.
>
> 신과 세계를
>
> 형상과 비유로서만 보는
>
> 지혜의 핵심을 깨달은 사람들은
>
> 어떠한 생각과 행위를 하더라도 결국
>
> 세계와 신을 포함하는
>
> 자신의 영혼과 대화 하고 있는 것과 같다.

자연에 대하여

자연 속의 인간

당신은 자기 자신과 타인을 비교해서는 안 된다. 만일 자연이 당신을 박쥐로 태어나게 했다면, 당신은 타조가 되고 싶다고 생각할 것이다.

당신은 이따금 자기를 괴상한 자라고 생각하고, 세상 사람들과 다른 길을 걷고 있다고 자신을 비난한다. 하지만 그런 것은 잊어버리지 않으면 안 된다.

불을 보라. 구름을 보라. 그리고 어떤 예감이 있어 당신의 영혼 속의 목소리가 말하기 시작하거든, 그것에 몸을 맡겨 그런 것이 부모와 하느님의 뜻에 합당한 것인지, 마음에 들 것인지를 문제 삼지 말라. 그런 것은 오히려 몸을 해친다. 그런 짓을 하면 보통의 길을 걷게 되고 스스로 인간성을 상실하는 화석이 되어버리는 것이다.

> 태양은 빛으로 우리와 이야기한다.
>
> 향기와 빛깔로 꽃은 이야기한다.
>
> 대기는 구름과 눈과 비로 이야기한다.
>
> 세계의 성전에는
>
> 진정시킬 수 없는 충동이 살고 있어
>
> 사물의 침묵을 깨고
>
> 언어로, 몸짓으로, 빛깔로, 음향으로
>
> 존재의 비밀을 표현하려고 한다.
>
> 거기에는 예술의 빛나는 샘이 흐르고
>
> 세계는 언어를, 계시를, 정신을 찾아 싸우고
>
> 인류의 입을 통하여
>
> 영원의 체험을 낭랑하게 알린다.

생명 있는 것은 모두 언어를 갈망하고
우리들의 음울한 노력은 언어와 수와
색채와 선과 소리 속에 나타난다.
그리하여 점점 더 높은 의미의 옥좌를 쌓는다.

한 송이 꽃의 빨강과 파랑 속에서.
한 사람의 시인의 언어 속에서
끊임없이 결코 그칠 줄 모르는
창조의 영위가 내부로 향해 방향을 돌린다.
그리고 언어와 소리가 결합하는 곳
노래가 울리는 곳, 예술의 꽃이 피는 곳에서
언제나 세계의 의미가
전 존재의 의미가 새로이 만들어진다.
노래마다, 책마다
그림마다 각각 하나의 본 모습이고
생명의 통일을 실현하려는
새로운 첫 번째의 시도이다.
이 통일을 돕기 위하여
시와 음악은 너희들을 부른다.

> 창조의 만상을 이해하려면
>
> 거울 속을 잠시 보는 것으로 충분하다.
>
> 우리들 만남의 복잡성도
>
> 분명 시 속에선 단순하게 된다.
>
> 꽃이 방긋거리며, 구름은 비를 내리고
>
> 세계는 의미를 가지고, 벙어리가 말을 한다.

인간의 생활은 모두 자기 자신으로 가는 길이며, 죽음의 시도이기도 하고, 하나의 골목의 암시이다. 어떤 인간도 일찍이 완전하게 자기 자신이었던 예는 없다. 그러나 누구나가 그렇게 되려고 애쓰고 있다. 어떤 자는 막연하게 어떤 자는 뚜렷이 그 힘에 따른다.

사람은 모두 자기 탄생의 잔재를, 원시 세계의 점액과 알껍질을 죽을 때까지 몸에 지니고 있다. 끝내 인간이 되지 못하고, 개구리나 도마뱀이나 개미인 채로 있는 것도 있다. 상반신은 인간이고 하반신은 물고기인 사람도 있다.

그러나 각자는 자연이 인간을 향해서 던지는 하나의 시도이다. 우리의 어머니는 공동의 하나다. 우리는 모두 같은 곳에서 나온 것이다. 그러나 우리들 각자는 자기 본래의 목표를 향해 노력하고 있다. 우리는 서로 이해할 수는 있다. 그러나 각자는 자기 자신에게 밖에 설명할 수 없다.

우리 마음속에는 하나의 고요한 장소, 하나의 피난처가 있다. 누구든 언제나 그 속에 들어가 자기 자신과 이야기를 나눌 수가 있다. 그러나 그것이 가능한 인간은 참으로 적다. 누구나 할 수 있는 일인데도 말이다.

대개의 인간은 바람에 흩날려 솟구쳐 올랐다가 비틀거리며 땅으로 떨어지는 나뭇잎과 같다. 그러나 별 같은 인간도 있다. 그들은 확고한 궤도를 걸으며, 어떠한 강풍도 그들에게는 미치지 못한다. 그럴 수밖에 없는 것이 그들은 스스로의 내부에 자신의 법칙과 자신의 궤도를 가지고 있기 때문이다.

자연으로부터의 위안

산과 호수, 폭풍과 태양은 나의 벗이었다. 나에게 여러 가지 이야기를 하기도 하고, 가르침을 주기도 했다. 그것은 오랫동안 어떤 인간의 운명보다도 인연이 깊었다. 그러나 반짝반짝 빛나는 호수나 슬퍼 보이는 은빛 소나무, 햇빛을 반사하는 바위보다 더 좋은 것은 구름이었다.

이 넓은 세계에 나보다도 구름에 대해 자세히, 나보다 더 구름을 사랑하고 있는 사람이 있다면 보여 달라. 또는 이 세계에 구름보다 더 아름다운 것이 있다면 보여 달라. 구름은 장난이고 눈의 위안이다. 축복이며 신의 선물이다. 노여움이며 죽음의 힘이다.

구름은 행복한 성 모양도 되고, 축복하는 천사의 모습으로도 된다. 협박하는 손과도 비슷하며, 펄럭이는 돛이나 하늘을 지나가는 학과도 비슷하다.

구름은 신이 앉아 있는 하늘과 가없는 대지의 양 쪽 모두에 속하면서 사람들이 동경하는 것들을 비유로써 보여주며 떠돈다. 구름은 또한 대지가 그 더렵혀진 마음을 깨끗한 하늘과 짝지어 주려고 하는 꿈이다.

구름은 모든 방랑과 탐구, 욕망과 향수의 영원한 상징이다. 구름이 땅과 하늘 사이에서 망설이고 동경하고 싸우면서 걸려 있듯이 인간의 혼 역시 시간과 영원 사이에서 망설이고 동경하고 싸우면서 걸려 있는 것이다.

보라! 하늘에 줄무늬를 그리고 있는 구름의 경치를, 처음 보면 가장 어두운 곳이 깊은 곳이라고 잘못 알기 쉬우나 이 어둡고 부드러운 느낌이 드는 곳은 구름에 지나지 않고 우주의 진짜 깊이는 구름의 산맥 언저리나 가장자리에서 시작하여 점점 내면으로 성숙해 가고 있는 것이다.

이렇듯 구름은 자연의 한 표현이며, 우리 인간 역시 자연의 그림자에 불과할 뿐이다.

자연과 신이 준 인간이란 무지개

신의 창조에 의해서 설계된 인간, 세계의 모든 사람이 문학이나 지혜를 통해 몇 천년에 걸쳐서 일깨워져 온 인간은, 어떤 사물이 유용하지 못한 조건 속에서도 아름다움을 이해하고 찬양하는 기관器官을 가지고서 그것을 즐길 수 있는 능력이 부여되어 있다.

그리고 아름다움에 대한 인간의 기쁨에는 언제나 정신과 감각이 깊이 관여하고 있음을 깨달아야 한다.

말하자면 우리는 자연이나 그림을 표현하고 있는 색채의 유희나, 폭풍우, 바다의 호소와 같은 음향, 사람이 인위적으로 만들어낸 음악을 즐길 수 있다. 또 이해나 역경을 통해 감정의 표면으로부터 그 내부로 들어가서 세계를 하나의 전체로서 보고 느끼고 할 수도 있다. 이 모든 것들은 장난꾸러기 고양이가 고갯짓을 하는 것에서 명지휘자의 연주에 이르기까지 또한 개의 충실한 눈빛에서 시인의 비극에 이르기까지 상호 연관이 있고 의미가 반영되어 있는 것이다.

끊임없는 대화를 통해 듣는 사람에게 기쁨과 지혜, 유머와 감동이 부여되는 그러한 전체로서의 세계를 보고 느끼는 것이 가능한 한 우리 인간은 자기와 관련되는 모든 의문점을 계속 파헤치고 이해하여 존재에 대한 의미를 인정할 수 있을 것이다. 그 의미는 다양한 것의 통일이며 핵심이기도 하다.

진실하고 심신이 건강한 사람에게 있어서 세계와 신은 다음과 같은 여러 가지 기적에 의하여 그 존재가 증명되고 있음을 알아야 한다.

즉, 저녁 무렵이 되면 기온이 내려간다든가, 하루의 일과가 끝난다든가 하는 외에 하늘에 노을이 곱게 피어나면서 장밋빛으로 시작해서 차츰 보랏빛으로 변해 가는 현상이 있다는 사실, 이렇듯 저녁 하늘처럼 수많은 인간의 얼굴이 미묘한 미소 속에 변화한다는 사실과, 꽃 수술의 오묘한 질서 같은 것, 나무 조각으로 만들어진 바이올린 같은 악기, 소리와 음계音階, 언어처럼 참으로 이해할 수 없고 헤아릴 수 없이 미묘하며 자연과 인간의 정신에서 창작된 것, 이성적이면서도 그것을 넘어서는 순수한 것이 있다는 사실을 우리는 알아야 한다.

아름다움, 신비로움, 수수께끼, 그리고 인간적인 것을 상실하거나 방해 받지 않는다 하더라도 영원히 변하지 않는 듯한 것이 있다는 사실을 우리는 이 지상에서 가장 신비스럽고 존경할 만한 현상의 하나로 보아야 한다는 것이다.

각 민족이 그 내력에 따르는, 자신들만의 목표에 합당한 언어를 만들었다. 그리하여 한 민족이 다른 민족의 말을 배움으로써 문화의 교류는 시작되고 서로를 이해할 수 있는 계기가 되었던 것이다.

우리들에게 있어 말이란 화가가 사용하는 팔레트 위에 배열된 물감을 뜻하는 것과 같다.

이 세상에는 무수히 많은 언어들이 사용되고 있다. 그리고 끊임없이 새로운 언어가 만들어지고 파생된다. 그러나 진실하고 훌륭한 언어는 그다지 많지 않다.

나는 70년 동안을 살아오면서 새로운 말이 발생하는 것을 경험하지 못했다. 물감 역시 그 농도와 혼합의 변화는 이루 다 헤아릴 수 없다 하더라도 임의로 많이 있는 것은 아니다.

말에는 말하는 사람마다 특별히 즐겨 사용하는 말, 익숙하지 못한 말, 편애하는 말, 좋아하지 않는 말이 있다.

일생 동안 사용해도 손상될 우려가 없는 일상어가 있고, 아무리 자기 자신이 좋아하고 듣는 사람 쪽에서 환영할 만한 말이라도 신중하고 소중하게 다루어 특별히 선택해서 입에 올려야 하는 말도 있다.

나에게는 행복이라는 말이 그런 귀중한 말 중의 하나다.

그것은 내가 일생을 통해 사랑한 말이고, 기꺼이 듣기 좋아하는 말이다. 그 의미에 대해서는 얼마든지 논의의 대상이 되며 이론을 전개할 수 있겠지만, 어떻든 이 말은 아름다운 것, 훌륭한 것, 바람직한 것을 의미한다. 이 말의 울림이 거기에 상응되고 있다고까지 나는 예찬하고 있다.

이 행복이라는 말은 짧기는 하지만, 놀랄 만큼 무겁고 충실한 것, 황금을 생각하게 하는 것 같은 느낌을 준다. 또한 내용이 충실하며 무게가 있을 뿐만 아니라, 이 말에는 틀림 없이 오묘한 빛이 내재되어 있다.

> 언젠가 나에게 행복을 약속한
> 하나의 음향이, 빛이
> 먼 어린 시절부터 울려온다.
> 만일 이것이 없었다면, 삶이 너무나 괴로울 것이다.
> 이 마술의 음향이 울리지 않으면
> 나는 빛없이 서서
> 불안과 암흑만을 볼 것이다.
> 그러나 슬픔과 죄에 다치지 않은
> 행복에 찬 부드러운 음향이
> 내가 겪어온 괴로움을 지나서
> 언제까지나 울려오는 것이다.
> 너 다정한 소리여
> 집의 불빛이여
> 다시는 꺼지지 말라.
> 그 푸른 눈으로 잠들지 말라.
> 그렇지 않으면 세계가

> 따뜻한 빛을 모두 잃고
>
> 별과 또 다른 별이 차례차례 떨어져
>
> 나 홀로 있게 될 것이다.

그 말은 구름 속에서 번뜩이는 번갯불처럼 아주 짧은 글자 속에 힘찬 것을 예감하고 있었다. 웃지 않을 수 없는 또 울지 않을 수 없는 말, 근원적인 매력과 감성으로 가득 찬 말이다.

이 말의 뜻을 올바르게 느끼려면 황금처럼 귀중한 말 옆에, 그 후에 생긴 천박하고 남루한 니켈이나 구리와 같은 말을 놓아 보면 된다. 그것은 사전이나 교실에서 나온 말이 아니었다. 이를테면 생각해 내고 변화하고, 합성된 말이 아니라 하나로 뭉쳐져 있으며 완전무결했다.

태양의 빛이나 꽃의 모습처럼 하늘과 대지에서 온 것이었다. 그런 말이 존재하고 있다는 것은 얼마나 좋은 일인가! 또 얼마나 마음의 위안이 되는 일인가!

이런 언어를 갖지 않고 살아간다면, 무엇을 생각한다 할지라도 사람의 마음은 시들어지고 살벌해질 것이다. 빵도 없고 포도주도 없으며, 웃음도 없고 음악도 없는 무미건조

한 생활과 같을 것이다.

이렇듯 자연의 감각적인 면을 통해서는 행복이란 말과 나와의 관계는 조금도 발전하지 않았고 변화를 하지도 않았다. 이 말은 평상시와 다름없이 오늘까지도 짧고 무거우며 황금색으로 빛나고 있다.

나는 이미 소년 시절에 이 말을 사랑했던 것처럼 지금도 사랑하고 있다. 이 짧고 무거운 말은 무엇을 나타내고 있는가 하는 문제에 대한 나의 의견이나 생각은 여러 가지 발전을 경험하고, 먼 훗날에 와서 비로소 명백하게 일정한 결론을 얻은 것이다.

대부분이 그렇듯 생애의 반을 훨씬 넘을 때까지 많은 사람들의 입에 오르내리는 행복이란 말은 확실히 무언가 적극적이며 절대적인 가치를 지닌 것처럼 쓰인다. 그러나 나는 근본에 있어서 그 단어가 지극히 평범한 것을 의미하고 있다는 사실을 조금도 의심하지 않고 받아들이고 있다.

평범한 사람들에게 있어 행복이란 좋은 출신에 남보다 뛰어난 교육을 받고, 화려한 경력을 지니며, 흠모의 대상이 되는 결혼을 하여 가정을 훌륭히 번성시키고 세상 사람들로부터 신망 받는 생활을 의미한다. 또한 지폐로 가득 찬

지갑과 보화로 가득 찬 금고, 그와 같은 것들을 뜻하기도 한다.

나 역시 그들과 거의 흡사한 생각을 가지고 있었다. 현명한 사람과 그렇지 못한 사람이 있는 것처럼 행복한 사람과 불행한 사람이 있다고 믿고 있었다.

행복이라는 단어는 교과서에서도 사용되고 있다. 행복한 민족이나 행복한 시대라는 것이 있어서 시대적 평가를 내리기도 한다. 그렇다면 우리들 자신은 특별히 행복한 시대에 살고 있다고 할 수 있다.

우리들은 오랫동안 평화롭게 살아왔으며 넓은 국토를 가지고 발달된 문명의 혜택을 받으며 살고 있다. 매우 쾌적하고 편안한 행복 속에, 마치 뜨겁지 않은 목욕탕에 들어가 있는 것처럼 몸을 담그고 있다. 하지만 우리는 그것을 제대로 깨닫지 못하고 있는 것이다.

Hermann Hesse

Chapter 4

청춘의 여행

신비에 싸인 남국의 숨결이
산골짜기마다 가득 차고
나의 심장은 벅찬 감동으로
발걸음을 빨리한다.

방랑자의 이별

이 근처에서 잠시 이별하기로 하자. 이제 얼마간은 이런 마을의 모습을 볼 수 없게 될 것이다.

왜냐하면 어느덧 국경인 알프스 산이 가까워졌고 조국의 목가적인 풍경이나 향수어린 모국어, 그리고 대륙풍의 북방적인 건축물까지도 추억처럼 뒤로 남겨 놓지 않으면 안 되기 때문이다.

이렇듯 국경을 넘는다는 것은 얼마나 멋진 일인가!

유목민이 농민보다 조금은 원시적인 것처럼 방랑자는

여러 면에서 원시인에 가깝다. 그렇지만 가정을 갖고 안주하고 싶은 안락에의 욕구를 극복하고, 꿈을 꾸며 무수한 국경선을 넘나드는 것은 방랑의 길이 한 인간으로서 내일의 또 다른 길을 발견하는 찬란함을 향유할 수 있기 때문이다. 그래서 방랑자는 길을 떠나고 다시 귀향하는 것이다.

먼 여정에서 돌아와 맑은 빛으로 반짝이는 은빛 해안에 닻을 내리는 배의 모습은 얼마나 아름다운 것일까?

가령 나처럼 국경이라는 것을 아주 무시해 버리는 무정부주의자와 같은 사람이 도처에 있다면, 아마도 전쟁이나 침략, 봉쇄와 같은 극단적인 무모한 행동은 일어나지 않을 것이다.

사실 국경만큼 저주스러운 것도, 국경만큼 어리석은 것도 없다. 국경은 잔혹한 무기나 침략자의 전리품과 다를 바가 없다. 이성이나 인간적인 감정, 그리고 평화가 이 세상을 봄날의 햇볕처럼 지배하고 있는 한, 인간은 광폭한 전쟁을 잊어버릴 수 있고 그것을 무시한 채 웃어 넘길 수도 있다. 하지만 일단 전쟁이 발발해 그 무자비한 광기가 폭발하면 국경은 곧 중대하고 절대적인 것이 된다. 전쟁 중의 국경은 우리와 같은 방랑자에게는 감옥이나 고문과 같은 고통을 주었다.

이제 나는 조국에서 마지막으로 보게 되는 이 집을 노트에 스케치해 두기로 마음먹었다. 그리고 나의 시선은 고풍스런 지붕과 기둥, 나아가 사랑하는 것들, 다시 말해서 고향을 생각나게 하는 것들과 잠시 이별을 나누어야 했다.

이것이 진정 이별이라고 한다면, 나는 더 한층 애정을 갖고 고향을 그리워하게 하는 모든 것들과 다시 한 번 사랑을 나누고 싶다.

아마도 내일이면 국경을 넘어 다른 곳에서 이국적인 지붕과 낯선 집을 바라보며 사랑하게 될 것이다. 사랑의 글로 표현하고 있는 것처럼 내 마음을 이곳에 묻고 다시는 방랑의 길을 떠나지 않으리라고 결심할 것이다.

아! 나는 이 세상 어느 곳에 있던지 내 마음과 함께 있으리라.

나는 꿈꾸며 방황하는 나그네이다. 내 자신의 사랑을 이 세상 어느 한 곳에 연연하여 남겨두는 것을 대단한 것이라고 생각지 않는다. 또한 나는 우리들이 집착하며 사랑하는 것은 하나의 덧없는 꿈과 같은 것이라고 생각한다.

봄볕과 함께 오는 나른함, 푸른 산을 되돌아오는 메아리의 공허함처럼 사랑도 결국은 침체되어 그 모습과 빛깔이 변해가게 되면 우리에게 사랑은 의심스런 것으로 남게 된다.

사랑스런 이 땅의 농부여, 안녕! 자본가와 위대한 안주자, 그리고 성실한 자와 덕망 있는 자들에게도 이별을 고하기로 하자.

나는 그들을 사랑할 수도 있고, 존경하고 부러워할 수도 있다. 하지만, 나는 그들을 본받으려고 하다가 나의 반생을 물결처럼 덧없이 흘려보냈다. 또한 나는 나에게 어울리지 않는 사람이 되기 위해 헛된 노력을 하기도 했다. 나는 시인이 되기를 갈망하면서 선량한 시민으로 살아가기를 원했던 것이다.

나는 훌륭한 예술가로서 꿈꾸며 사는 사람이 되기를 원하면서도, 사람들의 존경을 받으며 고향에 남아 전원생활을 즐기려고 생각했다. 그와 같은 생각은 오랫동안 계속되었다.

인간이란 동시에 두 개의 존재로 있을 수 없으며 두 개의 존재로 살아갈 수도 없다는 것, 나는 유목민이지 결코 농부가 아니라는 사실, 꿈꾸며 방황하는 방랑자이지 소유하고 지키는 생활인이 아니라는 것, 그러한 사실을 깨닫게 될 때까지 나는 우상에 불과하다고 생각했던 신과 계율 앞에서 오랫동안 고뇌와 번민의 나날을 보냈던 것이다.

결국 그것은 나의 잘못이고 자학이며, 세계의 불행에 함께 책임져야 할 공범이기도 했다.

나는 이러한 상황 속에서 나 자신을 자책하는 폭력과도 같은 어리석음을 범했고 그 속에서 구원의 길을 찾아 나설 용기가 없었기 때문에 고통과 괴로움을 더하게 되었다. 구원의 길은 어디에나 열려 있는 것이 아니었다. 그것은 오로지 자기 자신의 마음으로만 통해 있었다. 그리고 거기에 신이, 평화가 안주해 있었던 것이다.

습기에 젖은 바람이 검은 산 쪽에서 불어와 내 곁을 지나갔다. 저쪽 푸른 하늘에 떠 있는 구름의 섬들이 다른 지상의 니라들을 내려다보고 있다. 그 하늘 밑에서 나는 또다시 인간의 행복을 맛본다. 나와 같은 감정과 이성을 지닌 순수한 방랑자라면 향수라는 고독에 이르는 길은 걷지 않을 것이다. 그렇지만 나는 깨닫고 있었다.

나는 완전하지 않으며, 그렇게 되려고 노력한 적도 없었다. 오직 나는 방랑하고 꿈꾸면서, 즐거움을 맛보는 것처럼 나의 향수를 즐길 뿐이다.

이 바람, 내가 꿈꾸며 떠나는 방랑의 길에는 세상의 바람과 산 너머 저쪽 먼 나라의 분수령과 낯선 언어, 처음 보는 산맥, 그리고 이국異國의 말할 수 없는 향기가 풍기고 있었다. 그곳은 알 수 없는 약속으로 빛나고 있었다.

안녕, 조국의 아련한 시골의 농가와 풍경이여!

젊은이가 최초로 어머니의 곁을 떠나는 것처럼 나는 너에게 작별을 고한다. 마치 어머니 곁을 떠나가야 할 때는 바로 지금인 것처럼.

그러나 젊은이가 완전히 어머니 곁을 떠날 수 없다는 것을 나는 다시 분명히 깨닫고 있었다.

방랑자의 여행

한없이 뻗어간 작은 길 위에 바람이 분다. 잔가지 많은 나무와 덤불 곁에 흩어져 있는 것은 돌과 마른 이끼뿐이다.

어느 누구도 이런 곳에서는 아름다움을 찾을 수도 볼 수도 없다. 짐을 나를 수도 없다. 이렇게 높고 험한 곳에서는 건초는 물론 땔 나무조차 구할 수가 없다. 그러나 먼 세상에 대한 동경이 사람들의 마음을 움직여 그리움으로 들뜨게 만든다.

그리하여 동경의 그리움은 갈망의 모습으로 변모되어

꿈꾸는 방랑의 길을 떠나게 한다. 이 그리움이 높은 산정에 고요하고 작은 길을 만든 것이다. 바위와 습지와 눈 속을 헤치고 저쪽의 다른 계곡과 타향의 집들, 서로 다른 언어와 사람들을 통하게 만드는 길을.

구름이 낮게 떠 있는 고개 위에서 잠시 걸음을 멈춘다. 작은 길은 고개를 중심으로 해서 양쪽으로 아스라이 뻗어 있고, 바로 여기서 시작하여 작은 개울이 길을 따라 양쪽으로 흐르고 있었다.

이 높은 곳에 서 있는 사람만이 두 개의 세계로 통하는 길을 볼 수 있는 것이다.

지금 내 구두에 닿아 있는 물웅덩이에서 시작된 작은 시냇물이 북쪽으로 흘러가고 있었다. 그 물은 많은 여정을 거쳐 차가운 바다에 닿을 것이다. 바로 그 옆에 있는 눈구덩이에서 떨어지는 물방울은 남쪽을 향해 줄기를 이루면서 흐르고 있었다. 그 물은 아득히 흘러가 아프리카와 경계를 이루는 지그리아나 아도리아 해변에 닿을 것이다.

다시 만난 물줄기는 빙해와 나일 강으로 흐르다가 하늘을 떠가는 구름 속으로 모습을 감추기도 한다. 이처럼 오랜 시간의 아름다운 우화가 나의 사색의 순간을 신성한 것으로 만들어 주었다. 결국 우리와 같은 방랑자에게 있어 길이란 귀향을 의미하고 있는 것이다.

그러나 이 산정의 고갯길에서 나는 선택의 자유에 다소 망설이고 있었다. 남쪽과 북쪽을 동시에 바라볼 수가 있기 때문이다.

내가 남쪽을 향해 오십 보만 걸어가면 남쪽만을 보게 될 것이다. 그리하여 신비에 싸인 남국의 숨결이 산골짜기마다 가득 차고, 나의 심장은 그곳으로 향한 벅찬 감동으로 발걸음을 빨리하여 어디에선가 기다리고 있을 푸른 호수와, 화려한 정원에 대한 예감과, 잘 익은 포도와, 건초의 향기, 그리고 순례와 로마 원정의 오래되고 신성한 얘기들이 전설처럼 있는 곳으로 달려가게 될 것이다.

지금 나의 두 귀엔 먼 골짜기로부터 들려오는 종소리처럼 청춘의 저 너머에서 추억의 소리가 울려오고 있다.

최초의 남쪽 지방에 대한 여행의 들뜸과 열정, 반짝이는 호수와 들꽃 향기에 취해 오후 내내 풀밭에 누워 있던 기억, 슬픈 눈빛을 담은 하늘, 산 너머 북쪽 먼 고향으로 띄워 보낸 석양의 그리움, 그리고 스산한 바람 속에 서 있는 신성한 고대 건물 앞에서 올린 최초의 기도와, 짙은 갈색 바위 너머로 거품이 이는 바다를 처음으로 보았을 때의 꿈같은 환희.

그러나 이제는 그런 흥분조차도 어디론가 멀리 사라져 버렸다. 아름다운 이국에 대한 사랑스런 감정마저 멀리 떠나버린 텅 빈 가슴에 어느덧 봄은 지나고 우기의 계절이 계속되고 있을 뿐이었다.

끊임없이 들려오는 먼 지방에 대한 유혹의 속삭임도 이제는 아무런 감동을 주지 못한다. 내 가슴에 전해 오는 그 반향은 더욱 고요할 뿐이다. 나는 하늘을 향해 기쁨의 모자를 벗어 던지지 못한다. 그리고 어떠한 노래도 부를 수가 없다.

하지만 나는 미소를 짓는다. 입뿐만 아니라 영혼으로, 눈으로, 온몸 전체로 웃음을 짓는다. 그리고 이곳까지 풍겨 오는 그 다정한 흙내음에 옛날과는 달리 세심하고 고요하게 날카로우면서 원숙하게 더 한층 감사한 마음을 비친다.

그 모든 것이 옛날보다 더 가깝게 내 소유가 되고 더 미덥고 부유하게 넘치도록 의미를 지닌 채 나에게 말을 건넨다.

나의 동경은 들뜨고 혼미하지만, 영혼은 저 먼 곳에 꿈의 색깔을 칠하지 않는다. 오직 나의 맑은 눈은 지금 있는 것으로 만족하고 있을 뿐이다.

이제 세상은 옛날보다 더 아름다운 모습으로 바뀌어 가고 있다. 참으로 세상은 너무나 아름다워졌다. 하지만 나는 고독하다. 그러나 고독한 것을 슬퍼하지 않는다. 지금의 나는 나 자신이 다른 나이기를 바라지 않는다. 언제나 태양처럼 불타오를 자신이 있다. 오직 성숙해질 것을 원하고 있을 뿐이다.

또한 나는 죽음을 기쁘게 받아들일 용기가 있고 다시 태어나고 싶은 욕망도 있다. 세상이 더욱 아름다워졌음을 절감하고 있다.

방랑자의 고 향

남쪽에 기다리듯 자리 잡고 있는 최초의 마을, 여기서부터 나의 방랑생활은 시작된다. 목적지도 없고, 꼭 찾아야 할 사람도 없는 시간이 정지된 거울 속을 걸어가는 것 같은 방랑, 거기서 때때로 맛보게 되는 한낮의 휴식, 해방된 시간과 나날이 있을 뿐이다.

나는 배낭 속에 들어 있는 낡은 바지를 꺼내 입을 때 한없는 기쁨을 느낀다. 또한 처음 만난 주점에서 밖으로 술을 가지고 나오는 동안, 나는 문득 한 편의 시나 그림보다도 더 아름다운 전원 교향곡을 연주하던 이탈리아 음악가 브즈니(1866~1924)의 환상을 생각한다.

"자넨 너무나 촌스러워 보이는군."

하고 약간 비꼬는 투로 그가 말해도, 그를 좋아하는 내 마음에는 아무런 동요도 일어나지 않는다.

그것은 우리 두 사람 사이의 마지막, 아직은 그렇게까지 되어 있지 않은 상태였지만, 스위스 취리히에서 만났을 때의 일이었다. 그때 그는 마라하의 교향악을 지휘하고 있었는데, 어느 날 우리 두 사람은 자주 가는 레스토랑에 마주 앉았다.

나는 브즈니의 창백한 유령 같은 얼굴과 오늘날까지도 우리들이 가지고 있는 가장 빛나는 반속물주의자의 마음을 확인하고는 다시 유쾌해졌다. 그렇지만 어째서 그런 것을 생각하게 된 것일까?

아! 나는 깨달을 수가 없었다. 내가 생각한 것은 브즈니가 아니었다. 또한 투명하도록 선명한 추억이 깃든 취리히도 아니며, 열정적인 마라하의 교향곡도 아니었다. 그것은 기억이 무언가 귀찮은 것에 방해되었을 때 일으키는 착각과 같은 것이었다. 그런 경우엔 가끔 아득한 하나의 영상이 떠오른다.

그렇다. 이제야 모든 것이 확실해졌다. 그 레스토랑에서 말을 건네지는 않았지만, 우리 두 사람 외에 밝은 금발의, 뺨이 무척 붉은 젊은 여자가 앉아 있었던 것이다. 천사와 같은 모습을 하고 있는 여자여서, 그 여자를 쳐다보고 있는 것은 아름다운 기쁨이기도 했고 절망감을 느끼게 하는 고통이기도 했다.

그 동안 나는 얼마나 그 여자를 사랑했던 것인가! 나는 또 한 번 열여덟 살 적의 격정에 휩싸인 젊은이로 되돌아간 것이다. 갑자기 모든 것을 깨달을 수 있었다. 아름답고 밝은 금발의 유쾌한 여자, 그녀의 이름이 무엇이었는지 지금은 기억나지 않는다. 그러나 나는 오랫동안 그녀를 사랑하는 마음으로 꿈꾸었으며, 지금 이 산촌의 작은 길을 걸이가면서 그녀를 생각하고 있는 것이다.

어느 누구도 그녀를 나처럼 사랑하는 사람은 없을 것이다. 누구 하나 나처럼 많은 힘을, 절대적인 힘을 인정한 사람도 없을 것이다. 그러나 나는 불성실한 사람이라는 것을 선고 받은 처지였다.

우리들 대부분의 방랑자는 거의 비슷한 성격의 소유자

들이다. 또한 방랑하는 버릇이나 방랑생활의 대부분은 연애이며 여자에 탐닉하는 습성이 있다. 여행의 로맨틱한 감정의 절반은 모험의 기대에 불과하다.

또한 우리들 방랑자는 사랑의 실현이 불가능하면 할수록 그것에 더욱 연연해하고, 처음에는 사랑의 상대를 여성에 집착하다가는 점차 시골 마을이나, 산, 호수, 한적한 산길을 따라 걷고 있는 아이들, 다리 밑의 거지, 목장의 소, 숲속의 새, 나비에 이르기까지 세상 모두를 연인으로 생각하는 마음의 깊이를 지니고 있다. 이렇듯 삶을 방관하는 인생의 나그네이기도 한 우리 방랑자들에게는 사랑, 그것만으로 충분하다.

목적도 없이 홀연히 떠나는 즐거움, 여행길의 즐거움을 찾아 방황하는 것처럼 아름다운 얼굴을 가진 청순한 여자여, 나는 너의 이름을 알지 못한다. 너에 대한 사랑에 연연하지도 않는다. 또한 너는 내 사랑의 목적이 아니라, 오히려 사랑의 시작에 불과할 뿐이다.

나는 이 사랑을 길가의 작은 하나의 풀잎에게, 술잔에 비치는 달빛에게, 교회의 붉은 둥근 지붕에게까지 모두 주고 싶다. 내가 이 세상에서 황홀하도록 열정으로 들떠 있는 것은 모두 이러한 유혹에 의해서이다.

아! 나는 어리석은 말을 하지 않으면 안 된다. 어젯밤, 나는 산 밑의 오두막집에서 그 금발의 여자를 꿈속에서 만났던 것이다. 결국 나는 바보처럼 순간적으로 반해 버렸다. 만일 그 여자가 곁에 있어준다면 내 생애의 나머지를, 방랑에서 얻은 즐거움을 그녀를 위해 바쳤을 것이다.

나는 오늘 하루를 내내 그 여자를 생각하며 지내야 했고, 그 여자 때문에 포도주를 마시고 빵을 먹어야 했다. 또한 마을과 탑을 노트에 스케치하고, 이 세상에 그 여자가 살고 있는 동안 내가 그 여자를 만났다는 것을 신에게 감사했다. 나는 그 여자 때문에 한 편의 시를 쓰고 붉은 포도주에 취하고 싶었다.

이렇듯 유쾌한 남쪽 지방에서 나의 최초의 휴식은 산 너머 저쪽 금발의 여자를 연모하는 것으로 끝나 버리고 말았다. 너무나 아름다운 그녀의 입은 또 얼마나 매력으로 가득 차 있었는지.

나무는 언제나 나에게 가장 훌륭한 설교자였다. 그들이 민중이나 가족과 같은 생활을 하면서 숲을 이루고 있을 때,

나는 나무를 존경한다. 하지만 홀로 서 있을 때 한층 더 그를 존경한다. 그것은 고독한 인간을 떠오르게 하기 때문이다.

어떤 약점 때문에 몰래 모습을 감춘 은둔자의 태도와 달리 베토벤이나 니체처럼 운명을 극복해 가는 사람들이 있다. 세상의 바람이 그들을 스치며 소리를 내고 있지만, 그 뿌리는 자신을 지켜내고 생명을 다해서 한 가지의 목적을 이뤄내려고 끊임없는 노력한다. 그들 속에 깃들어 있는 자신의 법칙을 실현하고, 그들 본래의 모습을 완성해서 무엇인가를 나타내려고 한다.

아름답고 건강한 나무처럼 신성하고 역사적인 것은 없다. 하나의 나무가 사람들의 손에 의해 베어져서 그 가슴의 아픈 상처를 햇빛에 드러내고 있을 때, 그것은 마치 우리 인간들의 무덤 앞에 세워진 묘비를 보는 것과 같다. 묘비를 통해 무덤 주인의 삶을 알 수 있는 것처럼 잘려나간 나무 밑동에는 나무의 연륜과 풍우 속에서의 온갖 투쟁과 슬픔 그리고 갖가지 질병과 행복, 풍요로웠던 역사가 정확히 기록되어 있고, 빈곤의 나날과 태풍의 시련을 이겨낸 발자취가 깃들어 있는 것이다.

그래서 충실한 농부의 아들이라면 견고하고 잘 자란 목재를 확실하게 고르는 방법을 알고 있으며, 제값어치를 가진 이상적인 나무는 산기슭의 위험이 뒤따르는 곳에서 자라고 있다는 것을 알고 있다.

나무는 신성한 것이다. 그들과 대화를 나누고, 그들에게 귀를 기울일 수 있는 자는 진리를 배운다. 그들은 엄격한 종교적인 율법을 설교하지 않는다. 그들은 사사로운 문제를 말하지 않고 생의 근본적인 법칙만을 침묵으로 말할 뿐이다.

나무들은 제각기 이런 말을 자주 한다. 내 속에는 하나의 핵이, 하나의 불꽃이, 하나의 사상을 지닌 완전한 생명이 깃들어 있다. 영원한 대지의 어머니가 나에게 처음으로 생명과 기도를 시험해 본 것이다. 내 모습과 껍질의 모양은 매우 독특한 것이다. 대나무 가지에 붙어 있는 잎사귀들의 작은 장난도, 내 껍질에 나 있는 아주 작은 상처도 이 세상을 살아가는 동안 단 한 번뿐인 것이다. 나의 사상은 이 특징적인 유일한 것 속에서 영원한 것을 형성하고 나타내는 일이다.

어떤 나무는 이렇게 말한다. 나의 힘은 신념이다. 나는 나의 조상에 대해서는 그 어떤 것도 알 수가 없다. 해마다 나에게서 떠나는 몇 천의 자식들에 대해서도 아무것도 모른다. 오직 나는 내 근원의 비밀을 끝까지 살아봄으로써 터득할 뿐이다. 그 외에 어떤 것에도 관심을 두지 않는다.

나는 내 안에 신이 존재한다는 것을 믿고 있다. 나는 나의 임무가 신성하다는 걸 믿고 있다. 이 신념 때문에 삶을 살아가는 것이라고 말한다.

우리들이 고통 받으며 슬프게 사는 삶이 이제는 견딜 수 없는 것이라고 여겨질 때에 어떤 나무는 이런 말을 한다. 조용히 나를 보라. 산다는 것이 결코 쉬운 것이 아니라는 사실을, 괴롭지 않다는 결론은 어린아이와 같은 생각이다.

그러므로 내 마음 속에 내재해 있는 신의 말씀을 들어보는 것이 가장 아름다운 일이다. 그렇게 하면 어린아이와 같은 생각은 깊이 가라앉아 마음은 더없이 고요해진다.

우리는 스스로가 걷고 있는 삶의 길이 어머니나 고향으로부터 멀리 떠나는 것이 아닌지 걱정할 때가 있다. 그러나 그 한 발자국 한 발자국, 하루하루가 새롭게 우리를 어머니가 계신 곳으로 인도할 것이라는 사실을 모른다. 고향이란 여기에 있든가 저기에 있든가 하는 것이 아니다. 언제나 내 마음속에 있는 것이다.

저녁 무렵, 바람에 흔들리는 나뭇가지 소리를 들으면 방랑에의 그리움이 또다시 나의 마음을 열정으로 설레게 한다. 그러면 나는 조용히 서서 오랫동안 귀를 기울여 그리움에 대한 의미를 생각한다. 그것은 괴로움으로부터 도피하려는 것이 아니라, 고향과 어머니에 대한 기억과 삶에 대한 새로운 모습에의 그리움이었다. 그것은 집으로 통하고 있는 귀향이었으며, 세상의 모든 길은 집으로 향하고, 어떠한 일보다도 탄생에 가깝고, 죽음이며, 묘비와 같은 것이다.

어둠 속에서 우리가 불안을 느낄 때 나무는 소록소록 소리를 내면서 말한다. 나무는 길고 먼 생각을 가지고 있다. 우리들보다 긴 생명을 가지고 있는 것처럼 숨소리도 내면 깊숙이 가라앉아 있다. 우리가 그들에게 물어보지 않는 한, 나무들은 우리보다 슬기롭다.

그러나 한 번만이라도 그들에게 귀를 기울여 내면의 소리를 듣게 되면 비로소 우리들의 좁은 생각과, 작은 일에도 흥분하여 곧잘 감정을 상하게 하는 것, 또 어린애 같은 행동이 얼마나 보잘것없는 행위인가를 깨닫게 된다. 슬프거나 괴로울 때 나무에 귀를 기울이는 것을 배운 사람은 더 이상 나무가 되고 싶다는 생각도 하지 않는다.

또한 나 이외의 다른 것이 되고 싶다는 생각도 하지 않는다. 오직 나 자신이 고향인 것이다. 바로 그것이 행복이다.

초원의 노래

길은 다리를 지나 시냇물을 건너 폭포 앞까지 뻗어 있었다. 지난 날 나는 이 길을 걸어간 적이 있었다.

그때는 전쟁이 한창이었다. 휴가를 끝내고 다시 병영으로 돌아가기 위해 길을 떠나 국도와 철도를 달려야 했다. 전쟁과 관청, 휴가와 소집, 빨간 종이와 초록 종이, 각하, 장관, 장군—이 무슨 비현실적이고 환상 같은 세계인가? 그런데도 그것들은 생명력 같은 것이 있어서 조용히 세계를 흔들고, 나와 같은 보잘것없는 화가이며 방랑자를 산 밑의 오두막집에서 나팔소리 가운데로 끌어내는 힘을 갖고 있었다.

길은 초원을 지나 포도밭을 가로질러 한없이 뻗어 있다. 그리고 저녁 무렵 어둠이 몰려오면 다리 아래로 흐르는 작은 시냇물의 흐느낌 소리가 더욱 아련해진다. 그러면 촉촉이 젖은 숲이 한 줄기 바람에 떤다. 그리고 점점 희미해져 가는 하늘에 조금씩 싸늘한 빛이 모습을 나타낸다. 얼마 있으면 반딧불이 흐르는 계절이 다가올 것이다. 이런 자연 속에서 나는 작은 돌 하나까지도 모두 사랑하지 않을 수가 없다.

하지만 이 모든 것은 나에게 어떠한 의미도 주지 못했다. 하늘 아래 나직이 굽어 있는 산과 어두운 숲에 대한 나의 애정은 모두 하나의 감상에 불과했다. 현실은 내 생각과 달리 너무나 많은 상실감을 주었다. 전쟁은 도처에서 우리를 괴롭히고 있었고, 장군이나 용감한 병사의 입을 통해서 나팔을 울렸던 것이다. 그래서 나는 피난처를 찾아야 했고, 세상 사람들은 제각기 살 길을 찾아 뿔뿔이 흩어져야 했다.

이처럼 세상은 점점 어려워져 황폐한 불모의 계절로 변해 갔다. 그러나 내가 여행을 하고 있는 동안 언제나, 이 다리 밑을 끊임없이 흐느끼며 흐르는 물소리가 내 마음 속에서 노래하고 있었다. 그리고 싸늘한 저녁 하늘에는 달콤한 피로가 떠돌고, 세상의 모든 것이 유난히 어리석고 장난스럽게 보이기도 했다.

이제 우리는 다시 길을 떠나려고 한다. 저마다 자기의 시냇물을, 들판을 걸어간다. 그리고 옛 세계를, 숲 속을, 언덕을 더 고요하고 피로해진 눈으로 바라본다. 또 우리는 땅에 묻힌 친구들을 생각하며 자기 자신 또한 그렇게 될 수밖에 없다는 사실을 슬퍼할 뿐이다.

그러나 맑은 물은 변함없이 희고 푸르게 갈색의 산에서 흘러내리면서 옛 노래를 부르고 있다. 숲에는 빛나는 새들로 가득 차 있고 멀리서 나팔소리조차 들려오지 않는다. 비상한 시기는 또다시 신비로 넘친 밤과 낮, 아침과 저녁, 정오와 황혼으로 이어져 있고, 세상은 새로운 기대에 부풀어 있다. 이제 우리는 풀밭에 누워 대지에 귀를 기울여 보거나 다리 위에서 흐르는 물에 정다운 시선을 던지기도 한다. 또는 오랫동안 맑은 하늘을 올려다보며 위대한 심장의 힘찬 맥박소리를 듣는다. 그것은 어머니의 음성이었으며, 우리는 그 어머니의 아들인 것이다.

지금 여기서 이별의 길을 떠나야만 했던 지난날의 저녁을 생각하면, 어느새 슬픔이 먼 곳으로부터 밀려오는 듯하다. 먼 하늘의 푸른빛과 분홍빛으로 타오르는 아지랑이는 전쟁과 같은 아픔을 모른다.

지금까지의 내 생활은 왜곡되고, 괴롭고 늘 무서운 불안으로 가득 찬 불면의 밤을 가져왔으나 이제 다시 가을 안개처럼 투명한 대기 속으로 사라져가려고 한다. 그리하여 어느 날엔가 한 번은, 마지막 피로를 느끼며 진정한 평화를 맞이하게 되면 어머니의 품안 같은 대지는 기쁨으로 나를 받아들일 것이다. 그것은 마지막이 아니라 재생을 의미한다. 그것은 낡은 것을 벗어버리고 새것을 맞이하는 창조인 것이다.

그때가 오면 나는 다른 모습, 다른 사상을 가지고 이 길을 다시 떠나고 작은 시냇물에 귀를 기울이고, 저녁 하늘을 우러러 보고 싶어질 것이다.

목가의 수채화

이토록 아름다운 집 앞을 지나치게 되면 누구나 동경과 향수의 정을 느끼게 된다. 조용한 생활과 휴식, 서민생활에 대한 무한한 동경, 훌륭한 침대와 정원에 놓여 있는 의자와 맛있는 요리, 많은 책들로 벽을 가득 채운 서재, 낡은 고서적, 심지어 아련한 담배 연기까지 향수를 느끼게 한다. 철모르던 시절, 우리는 얼마나 신학을 저주한 것일까? 하지만 신학은 신비한 매력으로 가득 찬 학문임에 틀림없다. 신학은 총소리와 포연, 고함소리와 반역, 경멸의 역사와 아무런 관계가 없다. 신학은 깊고 사랑스러우며 성스러운 것들과 지혜와 구원, 천사, 성찬 등으로 표현된다.

나 같은 사람이 이런 집에 살면서 목사직을 맡고 있다면 신기하다고 할 것이다. 품위 있는 검은 옷을 입고 조용히 걸어 다니고, 정원에 있는 배나무나 생나무 울타리에 애정을 보내면서 정신적, 비유적으로 사물을 사랑하고, 마을에서 죽어가는 사람을 위로해 주고, 라틴어로 고서를 읽고, 요리하는 사람들을 조용히 타이르고, 일요일에 있을 훌륭한 설교를 생각하며 교회를 향해 돌이 깔린 길을 산뜻한 걸음걸이로 걸어가는 그러한 사람이 될 수 있는 자질이 나에게도 있는 것일까?

또한 날씨가 좋지 못한 때에는 거실에 난로를 피우고 창가에 서서 어두운 산과 들을 바라보며 깊은 생각에 잠겨 삶을 관조하고 있을 것이다.

그와 반대로 날씨가 좋은 날이면 정원의 나무를 돌보고 울타리를 다듬으면서 원근에 떠있듯 마주 보이는 회색의 산들이 조금씩 장밋빛으로 밝아지는 모습을 사랑스런 시선으로 바라볼 것이다.

어느 날은 조용히 내 집 앞을 지나가는 나그네들을 깊은 관심을 가지고 살펴볼 것이다. 또한 나의 관심과 사념은 정답고 친절한 시선으로 애정을 품고 그들의 발걸음을 쫓을 것이다.

왜냐하면 나그네들은 나와 같은 안주자의 안일한 생활보다는 삶을 몸으로 부딪치며 살아가는 이 세상의 성실한 손님으로서 순례자의 길을 걸어가기 때문이다.

나는 오랫동안 목사가 되기를 꿈꾸어 왔다. 잘못하면 이교도의 길을 걷게 될지도 모르는 위험한 신앙의 길을 택하게 될지도 모른다. 어쩌면 어두컴컴한 서재에서 밤마다 독한 술로 우울증을 달래고, 수많은 악마들에게 괴로움을 당하거나 고해성사를 하기 위해 나를 찾아온 처녀와 은밀하게 저지른 죄악에 대한 양심의 가책으로 말미암아 밤이면 무서운 꿈으로 놀라 깨어나는 불면의 고통을 당하게 될지도 모른다.

그렇지 않으면 녹색의 정원 문을 꼭 잠그고 정직한 문지기에게 맡겨둔 채 내가 해야 할 사무적인 일이나, 세상일에 대해서는 멀리 의식 밖으로 내몰고 편안한 안락의자에 한가롭게 누워 여송연을 물고 미친 사람처럼 안일에 빠질지도 모른다. 밤이 되어도 옷을 갈아입을 생각조차 하지 않으며, 아침이 밝아도 그냥 누운 채 뒹구는 나태함, 어쩌면 그런 상태에서 세상의 끝을 맞이하고 싶은 감정을 어떻게 설명할 수 있을까?

이러한 심정과 이와 같은 분위기에서는 절대로 내가 원하는 목사가 되지 못할 것이 분명하다. 지금과 같이 변함없는 사람, 좋은 방랑객으로 남기를 열망하는 것이 더 나을 것이다.

그리하여 나는 목사가 되지 못한 채 공상적인 신학자로 남고, 귀족의 생활을 즐기는 미식가美食家가 되고, 적당히 게으름을 피우고, 밤늦도록 포도주 잔을 비우고, 젊고 아름다운 여자에게 열을 올리다가 지치면 시인과 배우가 되어 보기도 하고, 때로는 저녁노을이 사그라지는 듯한 가슴 속에 불안과 슬픔으로 상처를 받게 될 것이다.

그러므로 저 녹색의 문이나 생울타리 나무들이 있는 화려한 정원, 고요와 평화가 함께 숨 쉬고 있는 목사관을 나그네다운 선망의 시선으로 바라볼 때에도 변함없이 아름다운 것이다.

내가 길에서 창문 안에 서 있는 조용한 목사님을 바라보는 것이나 그 목사님이 선망의 눈길로 방랑객을 보는 것은 본질적으로 같은 감정이다.

또한 우리는 삶을 살아가면서 극히 중요한 몇 가지를 제외하고는 거의 비슷한 본성이 있음을 안다. 혀에서 느끼는 쾌락이나 내 마음 속으로 찾아드는 고통, 따지면 보면 그것 역시 같은 성질의 것이다.

생명이 움직이는 것을 느끼는 것, 나의 영혼이 움직이고 있고, 무수한 형태로 변화할 수 있는 것, 즉 목사나 나그네의 영혼 속으로, 가정부나 살인자, 어린애들이나 동물 속으로, 새들과 나무속까지도 들어갈 수 있는 것이 절대적인 우리의 본질이다.

우리는 살기 위해 그것을 요구하고 갈망한다. 만일 그와 같은 갈망의 대상이 없다면 오히려 죽음을 선택하게 될지도 모른다.

나는 우물 옆에서 목사관을 한 폭의 수채화로 그렸다. 어느 것보다도 내 마음을 가볍게 해주는 녹색의 문과 조금 떨어져 조용히 서 있는 교회 탑도 함께 그렸다. 중요한 것은 내가 15분 동안 이 집에 머물러 있으면서 고향을 발견했다는 사실이다.

길가에서 바라만 보고, 집 안에 있는 사람은 전혀 알지 못하는 이 눈앞의 목사관으로부터 전해져 오는 향수, 거기에는 내 어린 시절의 꿈이 있었고 아름다운 시간이 그대로 머물러 있었다.

Hermann Hesse

Chapter 5

청춘의 위안

우리가 믿어야 할 신은

우리 자신 속에 살고 있다.

자신의 삶을 부정적으로 생각하는 사람은

신을 찬양할 수 없다.

부질없는 소 망

아름다운 알프스의 남쪽 산자락에 자리 잡고 있는 축복받은 지방을 다시 볼 때마다 나는 어느 날 갑자기 추방당했다가 고향에 돌아온 것처럼 아련한 슬픔과 설레는 감정으로 마음의 깃을 여미지 않을 수 없었다.

지난밤 동안 습기로 젖어 있는 산기슭 위로 막 솟아오른 태양은 더욱 정답고 붉은 물감을 서서히 풀어놓고 있었다. 이곳에는 밤과 포도가 충실하게 익어가고 있었고, 사람들은 가난하지만 천성적으로 선량하고 교양 있는 마음가짐으로 생활하고 있었다. 그들이 만들어 놓은 것은 마치 자연적으로 그렇게 된 것처럼 착실하고 정답게 보였다. 집이며 벽, 포도원의 돌계단, 경작지, 작은 시냇물의 둑, 물방앗간이 모든 것이 새롭지도 낡지도 않았으며, 마치 인공적으로 만든 것처럼 부자연스럽게 보이지 않고 암석이나 나무에 이끼가 돋은 것처럼 아주 자연스럽게 주위 경관을 돋보이게 했다.

포도원의 울타리나 집, 지붕 모두가 갈색의 널찍한 돌로 만들어져 있고, 주위 경치와 아주 잘 어울려 수채화를 보는 듯했다. 낯설어 보이거나 강압적으로 느껴지는 것은 하나도 없었다. 모든 것이 친절하고 정답게 보였다.

당신이 나그네라면 담장 옆이나, 바위, 나무뿌리, 풀, 땅 위 어디에도 앉고 싶은 곳에 자유로이 몸을 맡기면 된다 그러면 곧 그림과 시가 당신을 에워싸고, 주변은 아름답고 행복한 모습으로 당신을 맞이할 것이다.

저쪽으로 가난한 농부들이 살고 있는 작은 밭이 숨어 있는 듯 펼쳐져 있었다. 그들 선량한 농민들에게는 소가 없고 돼지와 산양, 닭 몇 마리가 있을 뿐이다. 포도와 옥수수, 채소를 밭에 가꾸고, 집은 돌로 지어져 있고, 계단은 물론 마루에도 돌을 깔아놓았다. 돌층계를 밟고 올라가면 뜰 안으로 들어가게 되어 있었는데, 어디서나 나무와 바위 사이로 호수가 파랗게 보였다.

이곳에 머무르고 있으면 사색이나 근심까지도 모두 눈 덮인 산 너머 저쪽에 있는 것 같은 느낌을 갖게 된다. 귀찮은 사람들과 싫증나는 사건들 속에서 우리 인간들은 얼마나 많은 걱정으로 시간을 낭비하는 것일까!

자기 존재의 가치를 발견하는 일에 많은 노력을 기울여야 하고 행복한 인간으로 살아가기 위해 피나는 삶의 다툼을 하지 않으면 안 된다.

그러나 이곳에서는 어느 것도 문제가 되지 않았다. 사는 것에 대한 변명도 필요 없으며, 생각하는 것은 오히려 유희일 뿐이다. 누구나 이 세상은 아름답고 인생을 짧다고 느낀다.

인간의 욕망에는 한계가 없다. 나 역시 부질없는 욕망으로 시간을 낭비하면서 헛된 나날을 보낸 것이 남루한 연륜으로 과거에 머물러 있는 것이다.

부질없는 소망이지만, 나는 두 눈과 폐 하나를 더 가지고 싶다. 또 나는 내가 거인이었으면 하고 생각할 때가 있다.

긴 두 다리를 들판의 풀 속에까지 뻗치고 머리는 눈 덮인 알프스의 산양 사이에 놓고, 발가락으로 깊은 호수 물을 휘젓고 싶다.

또한 손가락 사이로 나무들을 키우고, 머리카락 속에 들장미가 피어나게 하고, 무릎은 앞산이 될 것이다. 내 가슴과 배 위에는 포도원이 생기고 집과 교회가 있는 그런 꿈 말이다.

그런 자세로 나는 만년 동안이나 누워서 두 눈을 가늘게 뜨고 하늘과 호수를 바라볼 것이다. 내가 재채기를 하면 천둥이나 벼락소리가 될 것이고, 입김을 불면 눈이 녹아 폭포로 변할 것이다. 또한 내가 죽으면 이 세상도 소멸될 것이다. 그러면 나는 새로운 태양을 가져 오기 위해 대양을 건너간다.

오늘 저녁에는 어디에서 여장을 풀고 휴식을 취해야 할까? 그런 것은 아무래도 상관없다. 지금 세계는 어떻게 된 것일까? 지금은 새로운 산과 새로운 법칙이 탄생된 것일까? 하지만 그것은 나와는 아무런 관계가 없다.

다만, 이 산정에 한 개의 앵초가 꽃피고, 나뭇잎에 은빛의 솜털이 반짝거리고, 또 마을 입구에 서 있는 포플러나무 사이로 미풍이 불어오고, 내 눈과 모자 사이를 검은 갈색의 꿀벌이 붕붕대며 날고 있다는 것은 무의미한 현상이 아니다.

꿀벌은 자연과 함께 행복을 노래하며 그 소리는 나의 세계사인 것이다.

악마의 거문고

비가 내릴 듯한 날씨였다. 호수 위로 내려앉은 회색빛 구름이 불안하게 떠돌고 있었다. 나는 주막에서 가까운 호수로 산책을 나섰다.

오늘 저녁은 아주 멋있게 보내야겠다는 생각이었다. 어부 내외가 경영하고 있는 작은 주막에서 한가로이 저녁 식사를 마친 다음, 숙박을 예약해 놓고 호숫가를 거닐다가 적당한 시간이 되면 달빛을 받으며 수영을 즐기려고 했던 것이다.

그러나 며칠 동안 맑은 날이 계속된 것이 탈인지 날씨가 피로에 지쳤는지 아니면, 과민해진 것인지 불안스럽게도 하늘은 불쾌한 소낙비를 퍼부었다.

나 역시 이에 못지않게 배반당한 기분으로 굴하지 않고 이불 안의 풍경 속을 산책했다. 아마도 내가 어제 저녁에 포도주를 과음했거나 혹은 불안한 꿈을 꾼 탓일 것이다.

어찌되었든 간에 아무래도 좋았다. 나 역시 기분이 언짢고 공기는 맥 빠지듯 흔들리고 우울한 것들이 흐르면서 세상은 조금씩 빛을 잃어가는 것 같았다.

오늘 저녁 식사 때에는 특별히 신선한 생선을 주문해서 이 지방의 질 좋은 포도주를 마음껏 마셔보아야겠다고 욕심을 부려 본다. 그러면 세상은 다시 조금씩 빛을 찾게 될 것이다. 그리고 불만스런 시간도 참아낼 수 있을 것이다.

그런 다음 나는 주막에서 난로 불을 피워 놓고, 답답하고 지루한 비는 절대로 바라보지 않을 것이다. 또한 빗소리를 듣지 않기 위해 향기 좋은 여송연을 피워 물고 보랏빛 연기를 허공에 날리면서 포도주 잔을 난로 불에 빨갛게 비쳐 보일 것이다. 그러다 보면 어느덧 지루한 밤이 지나가고 깊은 수면 속에서 밝은 내일을 꿈꾸게 되리라 싶었다.

얕은 호수의 잿빛 수면에 굵은 빗방울이 떨어져 잔물결을 일으키고, 비에 젖어 불안에 떨고 있는 나무에 바람이 계속 거세게 몰아치고 있었다.

겁에 질린 나무들은 마치 죽은 생선처럼 납빛으로 변해 있었다. 모두가 제정신이 아니었다.

모든 것은 광막하고 참담했으며, 작은 소리까지도 비정상으로 들려 왔고, 색채는 표현할 수 없도록 변색되어 가고 있었다.

나는 이 모든 변화를 쉽게 깨달을 수 있었다. 그것은 어젯밤에 마신 포도주 탓만도 아니었고, 잠자리가 나빠서도, 비가 무분별하게 쏟아져서 그런 것도 아니었다.

그것은 때때로 나를 지배하는 악마가 내 마음의 거문고 줄을 하나하나 불협화음으로 울렸기 때문이다. 불안이 찾아온 것이다. 어린아이들의 꿈에서 오는 불안, 해결할 수 없는 이야기를 들은 후에나, 학창시절에 맛보았던 막연한 불안감 같은 것이 중압감을 이기지 못하고 내 가슴 속을 짓누르고 있기 때문에 우울과 엷은 구토가 반복되는 것이다.

세상은 어째서 이토록 무의미한 것일까? 매일 같은 잠자리에 들고 또 깨어나서는 먹고 살아야 한다는 것이 지겹지 않은가? 도대체 무엇 때문에 생명을 연장해야만 하는가, 순종과 굴종으로 세상을 살아야만 행복하다는 것인가.

당신은 유랑자이지만 진정한 예술가는 될 수 없다. 역시 당신은 평범한 시인으로 생활하기를 원하나 훌륭하고 건강한 사람이 되기는 어렵다.

또한 당신은 한 잔의 술로 감정을 상하고 슬픔을 견디어 내기도 한다. 한 줄기 빛이나 아름다운 공상을 삶의 한 방편이라고 긍정한다면 더러운 것이나 구토까지도 긍정해야만 된다.

당신은 하나의 작은 우주와 같은 존재이다. 보석이든 오물이든, 환락이든 고통이든, 웃음이든 죽음의 공포든 간에 긍정적으로 받아들이지 않으면 안 된다. 그것 자체가 우리의 삶이기 때문이다.

당신은 절대로 그것으로부터 도피하거나 외면해서도 안 된다. 또한 속이려 해서도 안 된다.

사실 당신은 용감한 시민도 아니며, 지혜로운 그리스인도 아니다. 조화되어 있지도 못하고, 자기 자신을 정복할 수 있는 능력의 소유자도 아니다. 다만 당신은 폭풍 속에 떨고 있는 한 마리의 새처럼 가냘픈 존재일 따름이다.

거센 폭풍을 불게 하여 당신을 휘몰아치게 해보라! 지금까지 당신의 삶은 많은 것들로부터 속임을 당하고 꾀에 빠지고 꼭두각시놀이에 연연해 온 것이 아닌가. 당신은 현자 또는 행복한 사람들의 위선의 가면을 쓰고 결국은 죽음의 길을 향해 곧장 달려왔던 것이다.

'아! 하느님, 어찌하여 인간은 이토록 모순 속에서 방황해야만 하는 존재인가요?'

나는 생선을 굽게 해서 포도주를 큰 잔에 가득 부어 마음껏 마실 것이다. 그리고 마른 연초를 말아 물고, 난로 불에 침을 뱉고, 어머니 생각을 떠올리면서 지난날 사랑의 슬픔과 격정을 한 방울씩 기억하며 추억의 잔을 마실 것이다.

그런 다음 피로가 어둠처럼 몰려오면 벽 옆에 놓여 있는 낡은 침대 위에 하루의 안식을 취하기 위해 그림자처럼 누울 것이다.

비바람소리를 듣고, 심장의 고동과 새로운 싸움을 시작하고, 죽음을 기원하고, 두려운 나머지 잠 속에서까지 신을 찾아 방황할 것이다.

그리하여 불안의 밤이 지나가고 절망이 지쳐버릴 때까지, 다시 새로운 잠이 찾아오고 영원히 깨어날 수 없는 안식의 고요 속에 묻힐 때까지.

내가 스무 살 때도 그러한 불면의 나날이 있었다. 그것은 오늘까지도 계속되고 있으며, 미래에도 내가 이 세상에 남아 있는 마지막 시간까지 그림자처럼 따라 다닐 것이다. 그래도 나는 살아가야 하며, 나의 인생을 사랑하지 않으면 안 된다.

아아! 지금도 폭풍을 가득 머금은 구름이 산기슭에 잿빛으로 걸려 있고 흐린 햇살이 게으르게 빛을 던지고, 나의 머릿속은 온통 미로에 갇혀 있다.

신앙의 기초

조그마한 차양이 달려 있는 장밋빛 빨간 지붕을 한 이 교회는 너무나도 선량하고 신앙이 두터운 사람들이 지은 것처럼 보인다.

오늘날 참된 신앙을 가진 사람은 없다고 말한다. 그처럼 음악도 푸른 하늘도 쉽게 찾아 볼 수 없다. 하지만 나는 아직도 신앙심 깊은 사람들이 많이 있다고 믿고 있다. 나 자신도 그러한 신자들의 한 사람이라고 자부하고 있는 까닭이다. 그러나 늘 그랬던 것은 아니다.

신앙에의 길은 사람들마다 다르다. 내 신앙의 길은 많은 과실과 고통과 가책, 은둔과 도피의 원시림을 넘어왔다. 영혼의 병이라는 것도 앓아 보았다. 하지만 나는 금욕주의자였기 때문에 후계자를 이을 수 없었다. 또한 나는 신앙이 의미하는 건강과 즐거움을 알지 못했다.

신앙이란 다름 아닌 믿음인 것이다. 진정한 신앙은 단순하고 건강하며 악의 없는 어린애나 미개인들이 그러하듯 믿는 마음을 가지고 있다. 그러나 단순하게도 자기 이익을 위해서는 적당히 속임수를 쓰는 우리들은 신뢰를 어느 길 옆에 핀 꽃처럼 발견할 때가 종종 있다. 그러나 그것은 올바른 신앙이 아니다. 무엇보다도 신앙에의 첫걸음은 믿는 데 그 지름길이 있는 것이다.

죄와 악의를 청산한다든가 금욕이나 헌신을 한다고 해서 신뢰를 얻을 수 있는 것은 아니다. 이와 같은 모든 노력은 나 자신을 위한 신앙의 기초가 되는 조건일 뿐이다.

우리가 믿어야 할 신은 우리 자신 속에 살고 있다는 것을 알아야 한다. 자기 자신의 삶을 부정적으로 생각하는 사람은 신을 찬양할 수 없다.

오! 이 나라의 사랑스럽고 정다운 교회들이여. 신자들은 내가 알지도 못하는 말로 기도를 올리고 있다. 그러나 나는 참나무 숲이나 풀밭에서 너희들과 똑같은 기도를 올릴 수 있다. 또한 너희들은 세계 곳곳에서 마치 젊은이의 봄노래처럼 노랗게, 혹은 하얗게, 빨강색으로 피어나기도 한다. 교회는 너희들 안에서만 모든 기도가 허용되고 있으며 신성한 장소로 믿음의 대상이 되는 것이라고 강요한다.

그러나 기도란 신성한 것이다. 노래와 같이 구제하는 힘이 있다. 기도는 믿음이며 확증인 것이다. 진실로 올바른 자세로 기도하는 사람은 자기 자신을 위해 어떠한 것도 원하지 않는다. 다만 자기의 입장과 곤궁을 말할 뿐이다. 기도란 마치 어린아이들이 자기의 잘못과 감사를 노래하는 것과 같다.

피사 교회 안에 걸려 있는 오아시스와 사슴 사이에 그려져 있는 성스러운 은자들의 모습은 바로 올바른 기도를 표현한 그림이다. 이것이야말로 이 세상에서 가장 아름답고 가치가 있는 그림이라고 나는 생각하고 있다.

이처럼 훌륭한 화가의 그림에는 나무도 동물도 모두 기도를 올리고 있다. 신앙이 깊은 집안에서 태어난 사람일지라도 이와 같은 기도에 도달할 때까지는 먼 길을 걸어야 한다. 그는 양심의 지옥을 잘 알고 있으며, 자기 붕괴가 죽음의 가시가 된다는 사실도 알고 있다.

또한 그는 모든 종류의 분열과 고통과 절망을 경험하기도 한다. 그리하여 마지막에 이르러서야 가시밭길에서 찾고 있던 행복이 얼마나 단순하며 솔직하고 당연한 것인가를 알고 놀라게 된다. 그러므로 가시밭길도 전혀 무익한 것이 아니라는 사실을 깨달을 수 있는 것이다.

그러므로 다시 고향에 돌아온 사람은 태어날 때부터 고향에서 살고 있었던 사람과는 다르다. 그들은 보다 더 깊이 세상을 사랑하고 정의와 공상에 관해서 보다 더 자유롭다. 정의란 고향에 머물러 있는 사람들의 덕이기도 하기 때문이다. 또한 그것은 원시인의 것이기도 하다. 하지만 오늘날의 젊은이들은 그 덕을 사용할 줄 모른다. 다만 우리들은 하나의 행복, 하나의 사랑, 하나의 덕, 신뢰를 알고 있을 뿐이다.

오, 교회여! 나는 너에게 소속되어 있는 신자들과 단체를 부러워한다. 수백 명의 신자들이 네 안에서 기도하고 고통을 호소한다. 또한 천진한 어린이들이 문을 꽃으로 장식하고 촛불을 켜놓는다.

그러나 멀리 떠돌아다니는 우리들의 신앙은 고독하다. 또한 한 번쯤 교회를 떠난 옛 신자들은 우리들의 친구가 되려고 하지 않는다. 그리고 세상의 물결은 인간의 섬에서 멀고 먼 곳으로 흘러가고 있다.

나는 풀밭에서 꽃을 꺾었다. 앵초, 클로버, 장미로 꽃다발을 만들어 교회 안에 가져다 놓으려 한다.

이제 나는 창가에 앉아 고요한 아침의 경건한 노래를 부른다. 먼지와 땀으로 얼룩진 갈색의 담장 위에 파랑나비 한 마리가 날개를 접는다.

먼 산골짜기에서 가냘프게 기적소리가 들려온다. 풀잎에는 아직도 아침 이슬이 반짝이고 있다.

알프스의 향기

너의 조그마한 뜰과 포도원에서 남쪽 알프스 산의 향기가 풍겨오고 있다. 이곳을 방문할 때마다 네 옆을 지나치곤 했다. 맨 처음 너를 발견했을 무렵, 내 방랑벽은 극에 달해 있었고, 젊음은 온통 불분명한 것으로 가득 차 있었다.

그러나 너를 발견하고는 지난날 잊어버렸던 젊음의 노래를 다시 불러본 것처럼 나의 마음은 휴식과 위안을 받았다.

고향을 갖고 싶고, 고요한 마을 한쪽에 푸른 잔디가 깔린 뜰을 가진 조그마한 집을 갖고 싶다. 동쪽을 향한 작은 방

안에는 나만을 위한 침대가 있고, 남쪽을 향한 방에는 작은 책상이 놓여 있을 것이다.

그리고 그 방안에는 언젠가 부레시아를 여행하면서 산 마돈나의 그림도 걸어둘 작정이다.

하루가 아침과 저녁 사이를 지나가듯이 나의 생활은 여행하고 싶은 충동과 향수의 짙은 그늘 속에서 외로운 시간을 보내고 있다.

어느 먼 날에는 분명 내 영혼의 여행을 끝내게 될 것이고, 끝없는 여행에 대한 동경도 가을날의 습기 찬 마른 풀잎처럼 퇴색되어 갈 것이다. 그리하여 아름다운 꿈도, 숨쉬기 어려웠던 젊은 날의 열정도 모두 마음속으로만 간직하게 될 것이다.

그 때가 되면 푸른 잔디밭이 있는 빨간 집에 대한 욕망도 사라지고 마음속에는 아름다운 고향이 깃들 것이다.

이런 마음의 고향에 나를 맡기고 안주하게 된다면 비로소 나의 생활에 중심이 생기게 될 것이고, 그 중심에서 새로운 삶의 힘이 솟아날 것이다.

그러나 지금 나의 생활은 중심이 없고, 때때로 물결처럼 흔들리면서 수많은 극과 극 사이에서 떠돌고 있다.

고향에 머물고 싶은 끊임없는 동경, 여행에 대한 짙은 향수, 고독과 절망에서 벗어나고 싶은 욕망, 사랑에 대한 강렬한 충동…

나는 내 힘과 능력이 허락하는 대로 책과 그림을 수집했다. 그러나 얼마 못가 그것을 처분해 버리기도 했다. 때때로 나는 사치와 악덕을 즐거움으로 삼았다.

하지만 곧 나는 참회하는 마음으로 금욕과 고해의 시간을 가지기도 했다. 또한 나는 생명을 실체로서 존경했다. 동시에 생명을 기능으로서 인식하고 사랑할 수 있는 삶의 법칙을 스스로 터득하기도 했다.

아, 저 푸른 숲 속에 서 있는 빨간 집이여! 나는 이미 그대를 내 마음속에 가져보았다. 내가 한 번 더 그대를 마음속으로 그린다면 그것은 죄악이 될 것이다. 왜냐하면 나는 무수히 많은 고향을 가졌었기 때문이다.

이제 나는 귀향의 길목에서 한 채의 집을 짓기 위해, 벽도 지붕도 측량해 보았고 정원에 작은 길도 만들어 보았으며, 방안의 벽에 내가 제일 좋아하는 그림도 걸어보았다.

그리하여 많은 소망이 내 삶 안에서 이루어졌음을 알고 있다. 나는 오로지 시인이 되려고 했으며 결국은 시인이 되었다. 또 나는 집을 한 채 갖기를 원했고, 그래서 정원이 있는 집에서 살고 있는 중이다.

아내와 자식을 소망한 나머지 내 곁에는 아내와 자식이 있다. 그리하여 모든 욕망은 이내 충족되었다. 하지만 충족은 불행을 내포하기도 한다.

나는 시 쓰는 것을 의심하게 되었고, 집은 나에게 비좁은 공간으로 변해 갔던 것이다. 또한 제대로 도착한 목적지도 없었다.

어느 길이나 돌아오는 지점은 있게 마련이고, 휴식은 새로운 동경을 잉태한다.

아직도 나의 삶은 멀고 먼 길을 가야 한다. 또한 충족될 수 없는 것들이 나를 실망하게 만들기도 할 것이다. 그리하여 언제인가는 모든 것이 그리움으로 남게 될 것이다.

대립이 없어지는 곳에 천국이 있다. 나에게는 아직도 동경의 그리운 별들이 밝게 불타고 있다.

Chronology

헤르만 헤세 연보

1877년 독일 뷔르템베르크의 칼프에서 목사인 아버지 요하네스와 어머니 마리도 유서 있는 신학자 가문인 어머니 마리 군데르트 사이에서 태어났다. 외조부 헤르만 군데르트는 신학자로서 인도에서 수년 동안 선교사의 삶을 살았으며 헤르만 헤세는 할아버지의 인격과 인도학, 그리고 그가 소장한 수천 권의 장서를 보며 영향을 받았다.

1883년 스위스 바젤로 이주하여 아버지는 선교학원에서 교사로 근무하였다.

1886년 다시 칼프로 돌아가 그곳에서 학교에서 학교를 다녔다.

1890년 스위스 국적을 포기하고 독일 시민권을 회복했으며 라틴어 학교에 입학했다.

1891년 마울브론 신학교에 입학했으나 자유로운 영혼의 소유자였던 그는 신학교의 꽉 짜인 생활과 규칙들을 답답해한 나머지 7개월 만에 학교를 그만뒀다.

1992년 자살 기도 후 슈테텐 신경과 병원에 입원하였으며 노이로제가 회복된 후 다시 칸슈타트 인문 고등학교에 입학하였지만 1년도 되지 않아 학교를 그만두었다. 서점의 견습 점원이 되어 일하다가 칼프에 있는 시계 공장에서 3년간 일하였고, 문학 수업을 시작하였다.

1985년 튀빙겐의 서점에서 견습점원으로 재취업하면서 낭만주의 문학에 심취하게 된다.

1899년 시집 『낭만적인 노래』와 산문집 『자정 이후의 한 시간』를 출간했다.

1904년 최초의 장편소설 『페터카멘친트』를 출간하였으며 이로 인해 유명세를 타고 문학적 지위를 얻게 되었다. 9살 연상의 피아니스트 마리아 베르누이와 결혼하여 스위스 보덴으로 이주하여 시 쓰기에 전념하였다.

1906년 현실의 무게는 수레바퀴 밑으로 그들을 밀어 넣지만 결코 짓눌려서도 지쳐서도 안 되는 소중한 청소년기에 청소년들이 겪는 불안한 열정과 미래, 방황과 좌절을 섬세하게 묘사한 『수레바퀴 밑에서』를 출간하였다.

1910년 예술가의 내면세계를 ㄱ린 장편 음악가 소설 『게르트루트』를 출간하였다.

1912년 단편집 『우회로들』를 출간하였고 스위스 베른으로 이주하였다.

1913년 여행기 『인도에서:인도 여행의 기록을 출간하였다.

1914년 화가를 주인공으로 한 소설 『로스할데』를 출간하였다.

1915년 단편집 『크눌프』, 『길가에서』를 출간하였다.

1919년 에밀 싱클레어라는 가명으로 정신분석 연구로 자기탐구의 길을 개척한 대표작으로 평가받는 『데미안』을 출간하였다.

1922년 『싯다르타』를 출간하였다.

1923년 스위스 국적을 취득하였다.

1924년 자전적 수기 『요양객』을 출간하였다.

1927년 『황야의 늑대』를 출간하였다.

1930년 『나르치스와 골트문트』를 출간하였다.

1943년 『유리알 유희』를 출간하였다.

1946년 노벨 문학상과 괴테상을 수상했다. 정치적 평론집 『전쟁과 평화』, 『괴테에의 감사』와 시집 『만년의 시』를 출간하였다.

1947년 베른 대학으로부터 명예 문학박사 학위를 받았다.

1952년 독일과 스위스에서 헤세 75회 탄생 기념행사를 열였다. 주르캄프 출판사에서 『헤세 전집』 전6권을 출간하였다.

1954년 산문집 『빅토르의 변신』 출간하였다. 서한문집 『헤르만 헤세와 로망 롤랑의 편지』 출간하였다. 서독 대통령으로부터 훈장을 받았다.

1955년 독일출판협회로부터 평화상을 받았다.

1956년 바텐 뷔르템베르크 지방의 독일예술발전협회에 의해 「헤르만 헤세상」이 창립되었다.

1957년 탄생 80회 기념사업으로 이미 간행되었던 『헤세전집』 6권을 증보하여 『헤세전집』 7권을 출간하였다.

1962년 8월 9일 85세에 뇌출혈로 몬타놀라에서 세상을 떠났다.

옮긴이 **송동윤**

영화감독이자 소설가. 1980년 5월 광주에서 죽을 고비를 넘기고 후유증을 겪다가 유학을 떠나 독일 보훔대학교에서 연극영화TV학 박사 학위를 취득하고, 한일장신대학교 연극영화학 교수를 지냈다. 〈서울이 보이냐〉 〈바다 위의 피아노〉 〈블랙 아이돌스〉와 최근 〈마장호수〉의 각본과 연출을 맡았으며 〈HID 북파 공작원〉의 시나리오 작업을 했다.
영화 관련 저서로 『송동윤의 영화 이야기』 『영화로 치유하기』, 일반 저서로는 『흔들리면서 그래도 사랑한다』 『블랙 아이돌스』 『5월 18일생』 『영웅의 부활』 등이 있으며, 최근에는 8부작 드라마의 기획과 각색을 하며 열정적인 활동을 하고 있다.

청춘이란?

초판 인쇄 2024년 5월 28일
초판 발행 2024년 6월 3일

지은이 헤르만 헤세
옮긴이 송동윤
펴낸이 김상철
발행처 스타북스
등록번호 제300-2006-00104호
주소 서울시 종로구 종로 19 르메이에르종로타운 B동 920호
전화 02) 735-1312
팩스 02) 735-5501
이메일 starbooks22@naver.com

ISBN 979-11-5795-739-2 03850